JUMP j BOOKS

双星の陰陽師《そうせいのおんみょうじ》

―三天破邪《さんてんはじゃ》―

助《すけ》野《の》嘉《よし》昭《あき》
創《はじめ》

人物紹介《じんぶつしょうかい》
依羅刃夜《よさみじんや》
天若家《あまわかけ》傘下《さんか》筆頭《ひっとう》陰陽師《おんみょうじ》。天若家《あまわかけ》に絶対《ぜったい》の忠誠《ちゅうせい》を誓《ちか》う熱《あつ》い男《おとこ》。
土御門有馬《つちみかどありま》
全《すべ》ての陰陽師《おんみょうじ》を統《す》べる総覇陰陽連《そうはおんみょうれん》の陰陽頭《おんみょうのかみ》。
天若清弦《あまわかせいげん》
ろくろや士門《しもん》の師《し》。十二天将《じゅうにてんしょう》の〝白虎《びゃっこ》〟であったが、後《のち》に起《お》こる石鏡悠斗《いじかゆうと》との戦《たたか》いで右腕《みぎうで》を失《な》くし、その座《ざ》から降《お》りる。

斑鳩《いかるが》恵治《けいじ》
斑鳩《いかるが》家《け》次期《じき》当主《とうしゅ》であり、士門《しもん》の義兄《ぎけい》で従兄弟《いとこ》。士門《しもん》を可愛《かわい》がっている。
斑鳩《いかるが》士門《しもん》
14歳《さい》にして十二天将《じゅうにてんしょう》〝朱雀《すざく》〟を継承《けいしょう》した天才《てんさい》。前《ぜん》〝白虎《びゃっこ》〟の清弦《せいげん》を師《し》として慕《した》っている。
鵜宮《うのみや》天馬《てんま》
最強《さいきょう》の陰陽師《おんみょうじ》と謳《うた》われる鵜宮家《うのみやけ》当主《とうしゅ》、十二天《じゅうにてん》将《しょう》〝貴人《きじん》〟。変《へん》なあだ名《な》を付《つ》けるのが趣味《しゅみ》。

双星の陰陽師《そうせいのおんみょうじ》

三天破邪《さんてんはじゃ》 ―目次《もくじ》―

陰陽師《おんみょうじ》だけが住《す》むといわれる
土御門島《つちみかどじま》
これはろくろと紅緒《べにお》が出会《であ》う
10年前《ねんまえ》の物語《ものがたり》
さあっ
第《だい》161回《かい》
波達羅盈城《はだらえじょう》御前試合《ごぜんじあい》も
いよいよ最終戦《さいしゅうせん》を残《のこ》すのみとなりましたっっ!!
わあああああ
三天破邪《さんてんはじゃ》～二色滑稽画之序《にしょくこっけいがのじょ》～

邪悪混沌暴虐不浄《じゃあくこんとんぼうぎゃくふじょう》 我《わ》が爪《つめ》に 砕《くだ》けぬものは無《な》いい!!
第九代目《だいきゅうだいめ》 天若家当主《あまわかけとうしゅ》っ 十二天将《じゅうにてんしょう》〝白虎《びゃっこ》〟
天若《あまわか》ああああああ 清《せい》いいいいいいっ 弦《げん》んんんんんんっっっ!!
かつて土御門島《つちみかどじま》を 恐怖《きょうふ》で支配《しはい》していた 呪禁物忌《じゅごんものいみ》
清弦さま〜ん
カッコイイ〜〜っ!!
最高っすううう
頑張って下さ〜い!!
この呪禁物忌《じゅごんものいみ》を 根絶《こんぜつ》した 土御門島《つちみかどじま》の英雄《えいゆう》 歴代最強《れきだいさいきょう》〝白虎《びゃっこ》〟 とも呼《よ》び声《ごえ》高《たか》い 天若清弦様《あまわかせいげんさま》っ! その戦《たたか》いを 括目《かつもく》して見《み》よっ!!

清弦《せいげん》さあああんっ
頑張《がんば》って下《くだ》さああああいっ!!
わあああ
随分《ずいぶん》気合《きあ》いが入《はい》ってるな士門《しもん》！
親父《おやじ》が戦《たたか》ってた時《とき》よりも声援《せいえん》が大《おお》きくないか？
そっ…そんなことはありませんよ!?
ははっ冗談《じょうだん》だよ
なんたってあの人《ひと》は
お前《まえ》の師匠《ししょう》だもんな
わああああ
そしてっ相対《あいたい》するはこの御方《おかた》
全《すべ》てが未知数《みちすう》実績実力《じっせきじつりょく》一切不明《いっさいふめい》っ!!
だが胸《むね》を借《か》りるつもりはないぜ!!

天将十二家《てんしょうじゅうにけ》
鵜宮第六宗家嫡子《うのみやだいろくそうけちゃくし》っ
鵜宮《うのみや》あああっ
天馬《てんま》ああああっ!!!!
かつて島《しま》の危機《きき》を
救《すく》った英雄《えいゆう》と
禍野《まがの》での戦闘経験皆無《せんとうけいけんかいむ》
という少年《しょうねん》っ…
おおおおお
わああああ
何《なん》だよ
子供《こども》じゃ
ねえかっ!!
組《く》み合《あ》わせ表《ひょう》
見《み》た時《とき》は何《なに》かの
間違《まちが》いかと
思《おも》ったけど…
たしかあの子《こ》
初等学舎《しょとうがくしゃ》に
入学《にゅうがく》したばかり
だよね?
じゃあまだ
7歳《さい》っ!?
こう言《い》うと失礼《しつれい》ですが…
勝負《しょうぶ》になるので
しょうか!?

〝──ったくガキの来《く》る所《とこ》じゃねぇぞ〟
あぁ
〝何《なん》で俺《おれ》がこんなガキと戦《たたか》わなきゃいけねぇんだ〟
わぁ
──ってあんたも思《おも》ってんのか？
……まあな～
わぁ
そう考《かんが》えるのが普通《ふつう》だろぉ～
あぁ
相手《てめぇ》が
あ
ただのガキならなぁ～～～

うおおおおおおおおおおおっ!!!!
ふっ
はっ!!

よっ
ほっ
かかっ!!
ズバァァァン!!
ジャキィィン!!!
ん～～～～～～っ……

ドゴオオオオン!!!
なんという激《はげ》しい呪力《じゅりょく》と呪力《じゅりょく》のぶつかり合《あ》いっ
これでは武舞台《ぶぶたい》が保《も》ちませんっっ!!

すげえ〜〜〜!!
十二天将《じゅうにてんしょう》を相手《あいて》にっ…!!
なあっ…清弦様《せいげんさま》の方《ほう》が少《すこ》し押《お》されてないか…!!?
——そう
認《みと》めたくはないのだが
この時既《ときすで》に自覚《じかく》していた様《よう》に思《おも》う
同世代《どうせだい》でありながら
師《し》と互角《ごかく》に戦《たたか》う
鸕宮天馬《あの男》に対《たい》する
驚嘆《きょうたん》と
嫉妬《しっと》と
力《ちから》の差《さ》
…そして
その強《つよ》さへの〃憧《あこが》れ〃を

試合終了《しあいしゅうりょう》
双方《そうほう》そこまでっ
制限時間《せいげんじかん》15分《ふん》を過《す》ぎても決着付《けっちゃくつ》かずっ
今大会最終戦《こんたいかいさいしゅうせん》は引《ひ》き分《わ》けという結果《けっか》に終《お》わりましたっ!
恐《おそ》るべき最強鸕宮家《さいきょううのみやけ》の血統《けっとう》っ!
今後《こんご》この少年《しょうねん》はどの様《よう》な成長《せいちょう》を見《み》せてくれるのでしょうかっっ!?

清弦《せいげん》さんっ！
お疲《つか》れ様《さま》でしたっ!!
す…
あ…あのっ
鸕宮《うのみや》天馬《てんま》くんっ…!!
?
斑鳩家《いかるがけ》…次男《じなん》
斑鳩士門《いかるがしもん》といいますっ
僕《ぼく》も来年《らいねん》から君《きみ》と同《おな》じ初等学舎《しょとうがくしゃ》ですっ!!
今《いま》の試合《しあい》大変感激致《たいへんかんげきいた》しましたっ!!
同世代《どうせだい》に君《きみ》の様《よう》な素晴《すば》らしい陰陽師《おんみょうじ》がいて
共《とも》に切磋琢磨《せっさたくま》出来《でき》ると思《おも》うと嬉《うれ》しいですっ!!
これからよろしくお願《ねが》いしますっ

はっ
俺《おれ》よりも弱《よわ》い雑魚《ざこ》とはツルむ気《き》はねぇ
くる
仲良《なかよ》しごっこ切磋琢磨《せっさたくま》がしたいなら他《ほか》を当《あ》たりな
陰陽師《おんみょうじ》もやれって言《い》われてるから仕方《しかた》なくケガレ祓《ばら》いもやってるだけ
俺《おれ》はお前《まえ》みたいな熱苦《あつくる》しい奴《やつ》が一番嫌《いちばんきら》いなんだよっ……!!
わかったら二度《にど》と話《はな》しかけんじゃねえぞ
わかったかトリ丸《まる》ぅ
……!!
なっ…

良《よ》かったじゃねえか 士門《しも》お〜〜〜ん いいライバルが出来《でき》たなぁ
あんな奴《やつ》 ライバルでもなんでもありませんっっっ!!!
少《すこ》しでも〝凄《すご》い〟と思《おも》った自分《じぶん》が情《なさ》けないっ……!!
あんな奴《やつ》っ……
俺《おれ》は認《みと》めないっっっ!!
これが俺《おれ》と天馬《てんま》の因縁《いんねん》のはじまり
To be continued

斑鳩《いかるが》士門《しもん》と鸕宮天馬《うのみやてんま》の因縁の出会いから十年。
これは、士門が双星《そうせい》の少年少女に出会う少し前の物語である。

第《だい》一章《しょう》

斑鳩《いかるが》士門《しもん》は、瓦礫《がれき》の隙間《すきま》から外を見上げた。周囲には、異形の者たちが蠢《うごめ》いている。

彼らの姿は様々だ。虫の姿、動物の姿、鳥の姿。そして鬼神と見まがうような巨人の姿。

それらいずれの個体にも共通しているのは、漆黒《しっこく》の〝陰《いん》〟の気に包まれていることと、その身体《からだ》に禍々《まがまが》しい九字法印《ドーマン》が刻まれていることだ。

彼らこそ、陰陽師《おんみょうじ》が祓《はら》うべき千年の敵《かたき》。ケガレである。

おどろおどろしい奇声を発するその姿を目《ま》の当たりにし、士門は「くっ……」と舌打ちした。

「完全に……囲まれてしまったかっ……!!」

ここは陰陽師の戦いの最前線たる土御門島《つちみかどじま》の禍野《まがの》。深度は一九六〇。

士門は傷ついた部下の身体に治癒《ちゆ》の呪《しゅ》を施《ほどこ》しながら、じっと瓦礫の下で息をひそめていた。幸い外のケガレどもにはまだ、こちらの位置は気づかれている様子はない。

だが、見つかってしまったが最後、苦戦を強《し》いられるのは必至だろう。ケガレは全部で十数体。それぞれ蛇《ジャ》級の呪力《じゅりょく》を有している。いずれも本土のケガレとは比べものにならないほどに強力な個体だ。並みの陰陽師を十人用意しても、あのうちの一体を祓えるかどうか難しいところである。

士門も含め、この小隊の陰陽師たちは呪力も体力も底を突きかけていた。全員が無事に帰還できるかどうかはわからない。

士門は、ごくりと息を呑《の》んだ。禍野の淀《よど》んだ空気が、肺の奥に突き刺さる。

すぐ隣で、小隊の一員である羽田《はねだ》が口を開いた。

「士門様、お怪我《けが》はありませんか」

「ええ、俺は問題ありません」

「まともに戦えるのはもはや我々ふたりだけ……。恵治《けいじ》様たちの部隊は無事でしょうか」

「そう祈るしかありません。無事に禍野を脱しているとよいのですが」

「ええ……祈るしかないというのも、無力なものです」

羽田が不安げに呟《つぶや》いた。

羽田は、斑鳩家傘下《さんか》の陰陽師として腕を磨いてきた古株だった。歳《とし》は五十手前。戦闘専門の斑鳩家においても上位に入る実力者であり、温厚篤実《おんこうとくじつ》な性格の持ち主である。

斑鳩家では執事がわりの仕事もしており、士門が斑鳩本家の養子になった当初から、公私ともに世話になってきた人物だ。

今の斑鳩家があるのは彼らのおかげだ、と士門は思っている。羽田らのような忠実な陰陽師たちの存在こそ、斑鳩家を支える屋台骨なのである。

二年前の朱雀《すざく》継承式典以来、士門は彼らに対する尊敬と感謝を片時も忘れたことはなかった。十二天将《じゅうにてんしょう》となって間もない自分は、彼らによって支えられている。

だからこそせめて任務においては、自分が彼らを守らなければならない。そう思っていたのだ。

しかし、現実はそううまくはいかなかった。

現在士門が指揮している斑鳩家第二小隊は、五人中三人が重傷を負い戦闘不能。周囲にはケガレの群れが押し寄せている。反撃どころか、撤退もままならない状況に追いこまれてしまったのである。

無論、朱雀の呪装《じゅそう》——朱染雀羽《しゅぜんざつぱ》の飛行能力を使えば、包囲から脱出することは可能だろう。しかしそれでは、負傷者たちを見捨てることになってしまう。その選択肢を採ることはできなかった。

士門にできることは、負傷者を守りながら、この瓦礫の内に立てこもることくらいのものだったのである。

「すみません」士門は羽田に向け、頭を下げた。「こんな状況を招いてしまったのは、隊長である俺の責任です」

「顔を上げてください、士門様」羽田が首を振る。「あなたがここにいなければ、今頃死者が出ていたはずです。全員こうして生き延びられているのは、間違いなく士門様のおかげです」

「しかし……！」

周囲を包囲するケガレたちが、力任せに近くの瓦礫を叩き壊している。こちらをあぶり出そうとしているのかもしれない。

隠れている士門らが発見されてしまうのも、もはや時間の問題だった。

「このままでは全滅です。十二天将である俺がもっとしっかりしていれば……！」

後悔に歯噛《はが》みする士門に対し、羽田は「それは誰のせいでもありませんよ」と答える。

「そもそも、今回のケガレどもの動きは不可解極まりないもの……。あれは、誰にも予想できることではありませんでした」

羽田が瓦礫の外に目を向けた。

ケガレたちは瓦礫の周囲を取り囲むように陣形を組んでいる。あたかも士門らにプレッシャーをかけ、出方を窺《うかが》っているようだ。こちらが瓦礫の下に隠れていることに、とうとう気づいてしまったのだろうか。

「確かにあれは、普通のケガレの動き方ではありませんね……」

「ケガレは本来、言ってしまえば単なる陰の気の集合体です。生物のような知能はなく、同士討ちも珍しくはありません。しかし現在、我々を追い詰めているこのケガレの群れは、明らかに組織的な行動を取っています」

「ええ。まるで軍隊です」

「これはいったい、どういうことなのでしょう」

士門は「わかりません」と首を振った。

交戦中のケガレの行動の不可解さは、今回の作戦当初から薄々感じていたことだった。

この深度一九六〇は土御門島の禍野の中でも比較的浅い層に属する。それゆえ、徘徊《はいかい》するケガレたちの脅威度《リスク》もさほど高くはない。普通ならそのほとんどが、脅威度《リスク》B程度の蛇《ジャ》種である。

士門ら斑鳩家の精鋭部隊にとっては、このあたりの層でのケガレ祓いなど、比較的脅威度《リスク》の低い任務のはずだったのだ。

ケガレ同士が連携して共闘を仕掛けてくる——。こんなことは、士門が陰陽師となってから初めての経験だった。おそらく、羽田らにとってもそうなのだろう。

羽田は瓦礫の外を見つめ、険しい表情を浮かべていた。

「敵の数は十体以上……。ここは一点突破を狙うべきでしょうか？」

「それは危険です。攻めに転じれば、負傷者を守りきることができなくなる……！」

士門が眉をひそめる。部隊を指揮する立場にありながら部下を守れないなんて、己《おのれ》はなんと無力なのだろうか。

十二天将ならば本来、このような最悪な状況だろうと簡単に覆《くつがえ》すことのできる力を有しているのだ。己の身体そのものに式神《しきがみ》の呪力を通し、呪装と化す究極奥義——〝纏神呪《まといかじり》〟である。

あの状態へと変じた十二天将がどれだけ爆発的な呪力を発揮するか、士門はよく知っている。かつて己の師匠が纏神呪を発動させたのを目にしたことがあるからだ。

纏神呪を発動させた十二天将ならば、この絶望的な状況を覆すことすら可能だろう。

士門は懐《ふところ》から一枚の霊符《れいふ》を取り出す。朱雀の纏神呪を発動させるための霊符、〝朱雀明《すざくめい》鏡符《きょうふ》〟である。

「俺が纏神呪さえ、ちゃんと使いこなせていれば……」

厳密に言えば、士門は纏神呪ができないわけではない。朱雀を身体に呪装すること自体は、なんとか成功することができた。

難しいのは、纏神呪の状態を維持することだった。士門が纏神呪を発動しても、すぐに元に戻ってしまうのだ。まるで式神・朱雀が士門の肉体に反発しているかのように。

今の士門が纏神呪を維持できるのは、最長で三秒ほど。お世辞にも実戦で使えるレベルではない。

ケガレの包囲を突破し、全員で生還する。そのための方法が、なにか他にあるだろうか

——士門が眉をひそめていると、羽田が真剣な声色《こわいろ》で口を開いた。

「私が囮《おとり》になります」

「何を言ってるんですか羽田さんっ！」

「士門様には、生き延びていただかなくてはなりません……！　私がケガレの注意を引きますから、仲間を連れてその隙にお逃げください」

「あなたにそんなことはさせられない！　囮役なら、俺がやるべきです！」

士門が羽田を制したのとほぼ同時に、瓦礫が音を立て、激しく振動を始めた。

周囲を取り囲んでいたケガレたちが、とうとう攻撃を始めたようだ。瓦礫ごとこちらを押し潰すつもりらしい。

このまま手をこまねいていては、傷ついた仲間と共に瓦礫の下敷きになってしまう。どのみち、打って出なければならないだろう。

士門は腰の霊符ホルダーから戦闘用の霊符を引き抜き、呪装を開始する。

「砕岩獅子《さいがんしし》、鎧包業羅《がいほうごうら》、飛天駿脚《ひてんしゆんきやく》、喼急如律令《きゆうきゆうによりつりよう》――！」

すでに朱染雀羽《しゆぜんざつぱ》は呪装済みだ。その他に、できる限りの強化呪装を整え、士門は瓦礫の隙間から這《は》いだした。

「士門様!?」

「呪力の続く限り、俺が連中の相手をします！　羽田さんは皆をお願いしますっっ！」

周囲のケガレを迎撃すべく、両手で印を結ぶ。呪力が底を突きかけている今、どれだけのことができるかはわからない。しかしたとえこの身が犠牲になろうとも、仲間は守らねばならないのだ。

「来いっっ。俺が相手になってやる……！」

士門がケガレの群れを見据《みす》え、吼《ほ》える。

と、そのときだった。

「――ズッバアアアアアアン！」

声が響いた。

その声と共に、士門のすぐ目の前にいたケガレが、真っ二つに両断される。正中線《せいちゅうせん》から分かたれたケガレは、実体を失い、すぐに霧消してしまった。

ケガレを両断したのは、宙に浮いたひと振りの〝剣〟だった。ただの剣ではない。全長十数メートルにも及ぶ、異様な大きさの巨大剣である。

赤色に発光するこの巨大剣の名を、士門はよく知っていた。

「『貴赫人機《きかくじんき》』……！」

十二天将最強の〝貴人《きじん》〟が操る、規格外の呪装の刃《やいば》である。

貴赫人機は目の前のケガレを消失させるや否《いな》や、すぐに姿を消した。かと思えば次の瞬間、士門の後方に出現し、背後に迫っていたケガレを頭から叩き潰してしまったのである。

巨大な刃は踊るように戦場を飛び回っていた。次々と別な場所に現れては、ケガレを切断する。消える、現れる、消える、現れる……その繰り返しで、周囲のケガレを次々に屠《ほふ》っていくのだ。

　神出鬼没の巨大剣の前に、ケガレどもはなすすべもなかった。苦悶《くもん》の断末魔の叫びを上げながら、禍野の瘴気《しょうき》の中へと消えていく。

　阿鼻叫喚《あびきょうかん》のケガレの群れの中心で、その少年は踊っていた。

「ジャッギイイイイインッ！　ドッガアアアアアアアアン！」

　玩具《がんぐ》を与えられたばかりの子供のように無邪気な表情で、少年は貴爀人機を操る。呪文《じゅもん》も霊符もなしにケガレの群れをここまで蹂躙《じゅうりん》できる陰陽師を、士門は他に知らない。

「鸕宮天馬《うのみやてんま》……!?」

　短身痩軀《たんしんそうく》に、肩まで垂らした長い髪。目鼻立ちは、少女と見まがうように整っている。不敵な笑みを浮かべる少年の面構えは、士門にとっては因縁深いものだった。

　さすがは十二天将最強というべきなのか、鸕宮天馬の強さは圧倒的だった。士門らの小隊を壊滅寸前にまで追いこんだケガレの群れを、たったひとりで全滅させてしまったのである。

「これが鸕宮家の……〝貴人〟の力ですか」

羽田もまた、呆気《あつけ》に取られているようだった。

最後の一体を祓ったところで、天馬はようやくこちらの存在に気づいたのだろう。士門の姿を認め、「んん？」と眉をひそめる。

「てめぇは斑鳩の……えーと、トリ丸《まる》だったか」

まるで暴風のようなその力を目の当たりにしたせいで、士門は一瞬返す言葉を失ってしまっていた。「俺の名前はトリ丸ではない」という常套句《じょうとうく》すら、まともに出てこなくなっていたのである。

士門が言葉を返すことができたのは、それからたっぷり三秒ほど経《た》った後のことだった。

「鸕宮天馬……。お前はここで何をやっている」

「なにって、ケガレ祓いに決まってんだろ。陰陽師なら当然のお仕事だ」

「そういうことじゃない。今回、この一九六〇でのケガレ掃討任務は、俺たち斑鳩家に下されていた任務だったはずだ。お前が参加するなどとは聞いていない」

「そりゃそうだろうな。別に俺は、陰陽連《おんみようれん》から任務を命じられたわけじゃねえ。勝手にやってるだけだ」

「勝手に、だと」

天馬の傍若無人《ぼうじゃくぶじん》な発言に、士門は頭を抱えた。この男、またしても自分勝手にひとりで動いているというわけか。

そもそも、本土ならばともかく、土御門島では、個人が勝手に禍野に入ってケガレと戦うなど本来許されることではない。陰陽連が命じる任務を前提に、部隊で挑まなければならないものなのだ。

しかしこの鸕宮天馬はときおり、そういうルールを無視して動くことがある。それが陰陽連に黙認されているのは、この男が十二天将最強の称号を冠しており、それに見合った実力があるからなのだろう。

超越した才能を持ち、何ものにも束縛されない陰陽師。それが鸕宮天馬なのである。

もちろん生真面目《きまじめ》な士門から見れば、このような天馬の自分勝手な態度は、あまり好ましいものとは思えなかったのだが。

士門は首を振った。

「天馬が来てくれなければ小隊が全滅していたことも事実……。救援に……感謝する」

「ああ？　別に俺はてめぇらを助けたつもりはねえよ。俺が追ってた獲物《えもの》は、もともとこの妙なケガレどもだったからな」

「妙なケガレども、か」

浅層に突然出現した蛇種たち。連携行動で陰陽師を追いつめるなど、天馬の言う通り確かに「妙」ではある。

「天馬、お前はこのケガレどもの正体を知っているのか」

「さあな」天馬が鼻を鳴らした。「知らねえから調べてる。連中、ここ数週間で急に数を増やしやがった。今はまだ大したことねえが、これ以上増えられても厄介《やっかい》だからな」

天馬が肩を竦《すく》める。

よく見れば、その狩衣《かりぎぬ》にはあちこち汚れが付着していた。土埃《つちぼこり》だけでなく、血痕《けっこん》も見られる。かなりの数のケガレと戦ってきたのだろうか。

「お前、どのくらいこの層に潜っている？」士門が尋《たず》ねた。

「ああ？　かれこれ三日、四日ってとこじゃねえの」

さらりと答えた天馬に、脇の羽田が「さすがは〝貴人〟ですね」と目を丸くした。

土御門島の禍野の空気には、浅層であっても強烈な陰の気が漂っている。その陰の気から身体を守るためには、絶えず体力と呪力を消費し続けなければならないのだ。並みの陰陽師ならば長くて一時間程度、士門でも丸一日程度で限界を迎えてしまう。三日や四日も禍野に留まれる者など、全陰陽師の中でも数えるほどしかいないだろう。

やはりこの鸕宮天馬という男は、別格なのだ。

「新種のケガレに対し、早急な対処が必要だということはわかる」士門が続ける。「しかし天馬、お前はもっと他人と協力すべきだ」

「あ？」

「連中は陰陽連全体にとっての脅威になる可能性がある。ひとりで調査をするより、複数人で調査をしたほうが効率がいいに決まってる」

「なんだトリ丸。てめぇ俺に指図する気か？　んん？」

「指図じゃない。もっと俺たちを頼れと言っている」

天馬は「ちっ」と舌打ちし、士門に背を向けた。

「寝言は寝ながら言えよ」

「!?」

「誰の力も必要ねえ。どいつもこいつも頼りにならねえ連中ばかりだからな」

「なんだとっ……!?」

天馬が振り返り、士門に鋭い視線を向ける。

「こんな雑魚《ざこ》どもに苦戦するようなヤツらなんて、足手まといにしかならねえだろ」

それだけ言って、天馬はひとり歩き出してしまう。

その背に対し、士門は何も言い返すことができなかった。

※

それから数日経った午後、士門は斑鳩家敷地内の道場中央で、胡座《あぐら》をかいて座っていた。日課の修行である。道場内には他の者の姿はない。二十畳の板張りの上には、精神統一の修練用に使う水桶《みずおけ》以外、何も置かれてはいなかった。

士門は手にした二枚の霊符に目を落とした。一枚は斑鳩家に伝わる式神・朱雀が封じられた霊符、〝天翔顕符《てんしょうげんぷ》〟。そしてもう一枚は、朱雀明鏡符——朱雀継承者が纏神呪を行うために用いる、切り札としての霊符である。

「朱雀明鏡符、朱染雀羽・纏神呪……！」

士門は精神を集中し、朱雀明鏡符に呪力を通した。その瞬間、どろりとした熱い固まりが、全身の血管の中を駆けめぐっていく。

士門は思わず「ぐうっ！」と顔をしかめる。強烈な痛みと共に、手足が鎧《よろい》のように硬質化していく。肉体そのものに呪装をかけるこの感覚――。毎度のことだが、これにはいまだ慣れない。

膨大《ぼうだい》な朱雀の呪力が士門の全身を覆《おお》い、纏神呪の状態へと至った。自身が凝縮された呪力の塊《かたまり》となった気分だ。肉体そのものの重さが消失し、どこまでも飛んでいけそうなほどの全能感を覚える。

しかし、その状態は長くは続かなかった。纏神呪を維持できたのは数秒だけ。その後はまるで風船に穴が空《あ》いてしまったかのように、指先から全身の呪力が抜け出ていってしまうのである。

「くそっ……!!」

全身のスタミナを使いきり、士門は道場の床に仰向けに倒れた。気力と体力をごっそり削り取られ、全身にベタつくような嫌な汗をかいている。

纏神呪の修行は、またしても失敗に終わってしまった。

先日、ケガレの群れに包囲されたときのことを思い出す。あのとき士門が纏神呪さえ使えていれば、小隊を危険に晒《さら》すこともなかった。負傷者を出すこともなく、あの場を無事に脱していただろう。

纏神呪は、十二天将の切り札である。千年前、あの安倍晴明《あべのせいめい》が用いていた最強の式神の呪力を使い、己の身体を呪装と化す。その爆発力たるや、数千の陰陽術の中でもトップクラスに位置するものである。この奥義の有無こそが、十二天将と他の陰陽師との最大の差であると言っても過言ではない。纏神呪を使いこなしてこそ、真の十二天将なのだ。

「まだまだ俺は、未熟というわけか」

士門は手にした霊符に目を落とし、呟いた。

呪力が足りないのか。集中力が足りないのか。それとも式神との相性の問題なのか。原因はわからない。士門の修行は、完全に行き詰まってしまっていた。

「このままじゃダメだ。俺は十二天将として、斑鳩家を引っ張っていかなければならないのに——」

「焦ることはありませんよ、士門様」

背後から声がかけられた。士門が道場の入り口のほうを振り返ると、そこには羽田の姿があった。手にしたお盆の上に、湯呑《ゆのみ》が載っている。士門のために、茶を淹《い》れてきてくれたのだろう。

「士門様は〝朱雀〟の継承者として、十分立派にやってらっしゃいます。そこまでご自身を追い詰める必要はありません」

「しかし、俺はまだ満足に纏神呪を使いこなすこともできません。十二天将としては力不足です」

「ですが、発動させることはできるでしょう。すでにその領域に至ったということだけでも、十分にすごいことなのですよ」

先代の〝朱雀〟である伯父《おじ》、斑鳩峯治《ほうじ》でも、纏神呪の完成までには十年の歳月を要したという。纏神呪は一朝一夕《いっちょういっせき》でできることではない。それは士門もわかっている。

しかしだからといって、現状に甘んじるわけにはいかないのだ。

「それでも俺は、十二天将として早く一人前にならなきゃならないんです。もう部下を、危険に晒すような真似《まね》はしたくありませんから」

幸いなことに、先日の任務に同行していた部下たちは、皆なんとか無事に帰還することができた。別行動していた部隊も、隊長の恵治以下、全員生還している。

士門としては複雑な心境なのだが、これも、あの男の自分勝手な行動のおかげなのだ。

士門は「それに」と続ける。

「これ以上、あいつに水をあけられているわけにはいきません」

「あいつ、とは……鸕宮家の？」

羽田の言葉に、士門は無言で頷《うなず》いた。

鸕宮天馬。鸕宮家当主にして、十二天将〝貴人〟の継承者。士門と同世代でありながら、最強の十二天将の座に君臨する少年である。

天馬との因縁は、十年前の御前試合にさかのぼる。非凡な才能に恵まれたあの男は、いつも強気で不遜《ふそん》で傲岸《ごうがん》で、周りの全てを下に見ているような雰囲気がある。

羽田が、「そうですか」と頷く。

「昔から士門様は、天馬様を意識されておりましたね。『いつかあいつを超えたい』と」

「ええ。それが俺の目標のひとつです」

鸕宮天馬は、間違いなく天才である。並み外れた呪力量も、既存の術に頼らない独自の戦闘スタイルも、常人に真似できるものではない。弱冠十七歳にして、鸕宮天馬の名は、この島で知らぬ者はいないほどに轟《とどろ》いているのだった。

士門も同世代の陰陽師である以上、どうしても比較されることは多い。「斑鳩家の新十二天将は初陣《ういじん》で十体のケガレを祓ったらしいが、鸕宮家のほうは五十体だった」とか「新顔の〝朱雀〟も確かに天才なのだろうが、やはり〝貴人〟は別格だ。あれは天才を超えた怪物だ」とか――。

「悔しいが、鸕宮天馬は常に俺の先を行っている。あいつに実力を見せつけられるたびに、己の未熟さを思い知らされます」

士門は「ふう」と息をつき、道場の天井を仰いだ。

陰陽師の役割は本来、強さを求めることではなく、ケガレを祓うことにある。千年に亘《わた》る陰陽師とケガレの戦いを終焉《しゅうえん》に導くことこそ、自分たちの最終目標なのだ。

だから、同年代に自分より強い陰陽師が存在することは、望ましいことではある。士門もそれはわかっている。

鸕宮天馬は紛《まぎ》れもなく「最強」であり、その力が成し遂げてきた実績は本物なのである。

しかし、あの鸕宮天馬を、素直に認めることはできなかった。

ほぼ同年代の相手だから。才能があるのに不真面目な態度が受け付けないから。そして単純に、己の性格が負けず嫌いだから。理由はいくらでも挙げられる。

とにかく、あの居丈高《いたけだか》な男に見下されるのは、心地いいものではないのだ。「てめぇがどんだけ努力しようと、絶対に俺には追いつけねえよ」――あの左右色違《オッドアイ》いの冷たい瞳は、いつもそう言っているように思えてならないのである。

いつか必ず、あの男を超えてみせる。それは士門が十年前の御前試合で初めてあの男の存在を意識した日から、ずっと胸に抱き続けている目標だった。

「あのときあいつは言いました。俺を『足手まとい』だと」

「ああ、先日の任務の……」

「現にあの男は、俺たちを追い詰めたケガレの群れを一瞬で片づけてみせた。あの男と俺の間には、まだまだ埋めがたい差がある……！」

「確かに、あのときの天馬様の強さは圧倒的でした。あの方が十二天将の中でも、桁外《けたはず》れの力の持ち主だと言われている理由が、はっきりとわかりました」

「ならば今の俺にできることは、その差を埋めるための努力をすることだけです」

士門が朱雀明鏡符に目を落とした。

「飽《あ》くなき努力に励《はげ》むそのお姿、まことにご立派です」羽田が目を細めた。「天馬様も素晴らしい才能をお持ちですが、士門様はまた違った才能の持ち主だと思います」

「違った才能……？」

「月並みな言葉とは思いますが、努力の才能です。我々が士門様をお慕いしているのも、たゆまぬ努力を続けるひたむきなお姿に惹《ひ》かれてのことなのですよ」

「そう言ってくれるのはありがたいが、現実問題、俺はまだまだ未熟ですよ。部下たちを危機から救う力もない」

首を振る士門に、羽田が「そんなことはありません」と優しく頰《ほお》を綻《ほころ》ばせた。

「あなたはご自身が思うよりもずっと、素晴らしい力をお持ちなのです。我々斑鳩家傘下の陰陽師は、みなあなたの才能と人柄を信じ、ついていこうとしているのですから。士門様は、もっと自信を持つべきですよ」

「自信……ですか」羽田の言葉に、士門は苦笑する。

確かにそれは、士門にとって欠けているものだろう。この十年間、どれだけ頑張ってもあの男に追いつくことはできなかったのだ。自信など、何度打ち砕かれたかわからない。いかに自分が天才と呼ばれようと、上には上がいる。鸕宮天馬の前では、半端な自信など持ちようがないのである。

羽田も、そんな士門の内心の葛藤《かっとう》をわかっているのだろう。「大丈夫です」と、力強い口調で告げた。

「あなたはおひとりではない。たとえ今のあなたが未熟だとしても、それを補うのが我々の役目です。なにも、士門様だけが斑鳩家を背負う必要はないのですよ」

「それはわかっているのですが……」

「焦らずとも、望む力を手にすることができるでしょう。いつの日か、士門様は土御門島で最高の陰陽師に成長なされるはずです」

「最高の陰陽師とは……また大きく出ましたね」

「誇張でもなんでもありません。私はそう信じております」

士門を見つめる羽田の眼差《まなざ》しは、まったく揺るぎないものだった。世辞でも冗談でもなく、彼は本当に士門が大成することを心から信じている。

「変わらないな、羽田さんは」

思わず、ふっと笑みがこぼれてしまう。

幼い頃、士門が斑鳩家に来た当初から、羽田はずっとこうだった。彼はいつも、士門を優しく見守ってくれていたのである。

「ええ。士門坊っちゃまは私にとって、いつも誇《ほこ》りですから」

「坊っちゃまはやめてください。もうそんな歳じゃないですし」

士門が苦笑すると、羽田は「すみません」と頭を下げた。

「しかしそれを言うなら、士門様こそ私に敬語を使うのをおやめください。今の士門様は、斑鳩家を背負って立つ十二天将。私はその部下のひとりなのですから」

「それはそうですが……でも、昔からの癖が抜けないもので」

羽田与志朗《よしろう》はかつて、幼い士門の教育係だった。勉学の指導や私生活の世話、陰陽術の初歩的な手ほどきなど、士門は多くを彼から学んだ。斑鳩本家にやってきて右も左もわからなかった当時、大変世話になったことを覚えている。

聞けば羽田は、ケガレとの戦いの中で息子を失っているらしい。羽田が士門に甲斐甲斐《かいがい》しく尽くしてくれるのも、亡くした息子の面影を重ねているからなのだろうと思う。羽田が士門を我が子のように大切に想ってくれていることは、よく伝わってくる。

士門が斑鳩家の養子という立場であるにもかかわらず、さほど肩身の狭い思いをすることなく成長できたのも、この羽田の存在があってこそのものだった。

この初老の陰陽師は、士門にとっても親代わりといって過言ではないのである。

その信頼には、なんとかして報いたい。士門は常々、そう思っている。そのためにはやはり、一刻も早く十二天将〝朱雀〟として相応《ふさわ》しい実力を身につけねばならない。彼らを守れる陰陽師になることが、信頼に応《こた》える唯一の方法だろう。

士門が再び修行に向き合おうとしたところで、羽田が口を開いた。

「ひとつ、お伝えしておくことが」

「なんです？」

「陰陽連から、士門様に登庁命令が下っております。『今晩十八時に本庁舎へ』と。なんでも、新たな任務《ミッション》が発令されるようです」

「これから？　ずいぶん急ですね」

「前回の任務での我々の報告に関連して、ということだそうです。詳細は不明ですが、他にも十二天将が何名か召集されているようです」

「天将十二家の共同任務か……。よほどの事態が起こっているということですね」

十二天将の参加が義務づけられる任務は、さほど多くはない。年間でせいぜい一割程度、脅威度《リスク》A＋《プラス》〜AA以上のケガレを討伐《とうばつ》対象とする高難易度の任務に限定される。

その十二天将が複数招集されるということは、かなりの非常事態であることを意味している。

このような形で任務が下されたのは、士門が〝朱雀〟を継承して二年が経つが、初めてのことだった。なにか、よくない予感がする。

士門は、「それじゃあ」と立ち上がった。

「俺は陰陽連に向かう準備をします。羽田さんはもしものときに備えて、他の皆と出撃の準備を整えておいてください」

深刻な表情で「はい」と頷く羽田を背後に、士門は道場を離れた。

※

陰陽連本庁舎『泰月楼《たいげつろう》』は、土御門島のほぼ中央に位置している。士門はその庁舎上層部に位置する、陰陽頭《おんみようのかみ》執務室を訪れていた。

「――君たちは〝自凝《おのごろ》〟を知っているかい？」

土御門有馬《つちみかどありま》は、デスクにゆったりと肘《ひじ》をつき、士門ら来訪者たちに切れ長の目を向けた。

この土御門有馬という人物、普段は飄々《ひょうひょう》とした性格であり、公的な行事でも茶目っ気を見せることが多々ある。しかし、今夜の有馬は少し様子が違っていた。口調は心なしか重々しく、纏《まと》う雰囲気には緊張感がある。

「自凝……。千怒《ちぬ》、無悪《さかなし》に次ぐ第三位の婆娑羅《バサラ》ですね。婆娑羅の中でもかなりの古株で、二百年前に一度、土御門島を滅ぼしかけたと聞いています」

土門の答えに、有馬は「その通り」と頷いた。

「正確に言えば、自凝は九百年前にも一度、それから五百年前にも一度現れている。そのたびに陰陽師との間に大きな戦いを引き起こし、壊滅的な被害を生み出しているんだ」

自凝という名は、青陽院《せいよういん》の歴史の教科書にもたびたび登場する。

いわく、千年の戦いの中でもっとも多くの人間を殺害した婆娑羅である。その数、累計《るいけい》にして数千人。無論、その中には名うての陰陽師も含まれている。

「君たちも知っているかどうかは知らないが、自凝は他者の感情を喰《く》らい、それを呪力に換える能力を有している」

「感情を喰らう？」

「そう。特にあの自凝が好むのは、『恐怖』の感情だと言われているね」

有馬が言うには、自凝は島に恐怖をまき散らし、それを糧《かて》として無限に成長し続ける婆娑羅らしい。無限に成長するからこそ止めようがない。活動したら最後、災害レベルで人の命が奪われてしまう。

「歴代の陰陽師が何度も交戦してるってのに、一度も仕留めきれてねぇ～～。自凝はそれだけ厄介なヤツだってことだぁ～～」

士門の隣で口を開いたのは、“白虎《びゃっこ》”の十二天将だった。

背中で束ねた長い髪に、清潔感のあるシャツとベスト姿。気だるげな風貌《ふうぼう》の内面に、獣《けもの》のごとき荒々しい魂《たましい》を宿した陰陽師だ。

この男こそ士門の師匠であり、十二天将きっての実力者、天若清弦《あまわかせいげん》である。

「十二天将でさえ、自凝には何人か殺《や》られている……。事実上、土御門島でもっとも危険な婆娑羅だと思っておけぇ～～」

士門同様、清弦もまた、有馬に呼ばれていたらしい。

ごく最近まで清弦は、長らく本土での任務に就いていた。なので、士門がこうして彼と任務を共にするのは、実に数年ぶりになる。

清弦の目の下に刻まれたクマは、前に会ったときよりも一層濃くなっているような気がした。よほど本土での任務で苦労をしたということなのだろうか。

「自凝の危険性は、清弦が言ったとおりだ」有馬が続ける。「陰陽師とケガレとの戦いが始まってから千年。歴史に名を残す婆娑羅は数多くいるけれど、その中でも自凝は、もっとも恐るべき存在として記録されているんだ。あの無悪と同様にね」

「……『その恐ろしさは鬼神のごとき』ってな。うちの爺《じい》ちゃまがよく言ってたな」

呟いたのは、鸕宮天馬である。この男もまた、士門や清弦と同様、この場に呼ばれた十二天将のひとりだった。

「んで、その伝説の婆娑羅とやらがまた出てきたっつうのか？　んん？」

天馬は両手を腰に当て、有馬のデスクに詰め寄った。相手が最高権力者《おんみょうのかみ》であっても、天馬の傲岸不遜な態度はなんら変わらないようである。

もっとも、有馬もそんな天馬の態度には慣れているのだろう。少し肩を竦めてみせただけだった。

「そうそう。その自凝が再び動き出す気配をみせているらしい」

「自凝が……!?」

士門は耳を疑った。土御門島を何度も窮地に追いこんだ伝説の婆娑羅が、再び行動を開始したというのだ。それはこの島に、未曾有《みぞう》の危機が迫っているということに他ならない。

「なるほどな」天馬はどこか楽しげに、鼻を鳴らしてみせた。「俺たちを呼び出したのは、そういう理由か」

「自凝はまだ完全覚醒《かくせい》には至っていない。これだけ早期に対策を打てるのは、先日の士門君たちの報告のおかげだね」

　有馬に意味深な視線を向けられ、士門は「え？」と首を傾《かし》げた。

「俺たちの報告は、異常行動をとっていたケガレについてのものだったはずです。それと、自凝にどんな関係が？」

　有馬は「いい質問だ」と頬を緩める。

「古い文献によれば、自凝は禍野一帯のケガレを操る術を用いるという。『魔繰禍眼《まぐるまがつめ》』っていうらしいんだけど」

「魔繰禍眼？」

「簡単に言うと、禍野全土のケガレを強制的に己の支配化において、兵隊に仕立てあげるって術みたいだね」

「ケガレを操る術……。そんなものが存在するのですか」

「普段は明確な意思を持たないケガレが、この術によって自凝の意のままに動くようになる。陰陽師を潰すために、ケガレどもが組織的に共闘するというわけさ」

「共闘……」士門が眉をひそめる。「つまりあのときのケガレたちは、その術をかけられていたということか」

数日前、士門らの小隊を追いつめたケガレの群れは、明らかに普通ではなかった。熟練の陰陽師たちを挟撃し、各個撃破するなど、意思を持たぬ通常のケガレにできることではない。

連中を操る指導者的存在の婆娑羅がいるというのなら、あの異常な行動も納得できる。

真剣な表情で、有馬が続ける。

「斑鳩家からの報告を受けて、改めて天若家に禍野を調べてもらったんだ。魔繰禍眼の痕《こん》跡《せき》はすぐに見つかったよ。深層から浅層まで、かなりの領域にわたって術の影響が出始めている。……ね、清弦？」

有馬に視線を向けられ、清弦は頷いた。

「調査によれば現在、禍野中のケガレが深度一六七〇付近に集合しつつあるらしい……。ざっと五千体以上はいやがるって話だぁ〜〜」

「五千体⁉」士門は息を呑んだ。「自凝が、配下をかき集めているということですか？　もしそんな数で攻めて来られたら――」

「現《ウツツ》と禍野を繋《つな》ぐ結界なんざ、簡単に弾《はじ》け飛んじまうだろうな」

天馬が吐き捨てるように呟いた。縁起でもない話のはずなのに、この男の口調は至って冷静である。

「結界が破壊されれば、土御門島はケガレどもで溢《あふ》れかえることになる。そうなりゃ、また教科書に載っちまうレベルの大殺戮《さつりく》が起こっちまうだろうな」

「絶対に避けたいところだね」有馬が鋭い視線で、士門らを見回した。「だからこそこうして、わざわざ君たちに集まってもらったんだ。斑鳩家、天若家、そして鸕宮家。この三家の最大戦力をもって、自凝を討伐してもらいたい。これは最優先任務だよ」

有馬の言葉に、士門が拳《こぶし》を握りしめる。

これはもう、島全体の存亡を賭《か》けた戦いだと言っても過言ではない。その任務の参加者として自分が選ばれたことには、誇りを持つべきだろう。

有馬がデスクから立ち上がる。

「天若、鸕宮、斑鳩の三家は、陰陽連の中でも特に戦闘力、機動力に秀でた精鋭部隊だ。これを斬りこみ役《アタッカー》として自凝にぶつける。土御門島がケガレの海に沈む前に、その司令塔を潰すという作戦だ」

有馬が提示したのは、少数精鋭による一点突破作戦だった。五千体ものケガレの全てを相手にするよりは、遥《はる》かに現実的な手段である。むしろ自分たちには、この方法しか残されていないと言ってもいい。

「他家には、すでに防衛部隊を組織してもらっている。君たちが自凝を祓うまで、彼らが結界を守るという寸法だよ」

有馬が眼鏡のブリッジを、くいと押し上げる。

「ただ、防衛部隊がいるからといって、油断はしないでほしい。現在の陰陽連の全戦力を投入したとしても、五千体以上ものケガレの群れから結界をずっと守りきることはできない。もって……一日」

「まぁそうだろうなぁ～～」

顔をしかめる清弦に、有馬は「すまないね」と笑みを見せた。

「敵は伝説の婆娑羅だ。おまけに時間も人員も限られている。それでも僕は、君たちなら必ずやり遂げられると信じているよ」

「世辞は要らねぇ～～。やるしか道はねぇんだからなぁ～～」

「それでこそ清弦だ。現場の指揮は君に執《と》ってもらおう」

有馬の言葉に、清弦は顔色ひとつ変えずに「問題ねぇ～～」と返した。

敵が伝説の婆娑羅だというのに、清弦にはまるで気負った様子は見られない。さすが数《あま》多《た》の場数を踏んでいるだけのことはある。この冷静さは見習うべきものだ。

尊敬する清弦と肩を並べて戦えるというのは、誇らしいことだった。敵がどんなに強大だろうと立ち向かうことができるはず――士門はそう意気ごんでいたのだが、

「足引っ張んなよ、トリ丸」

天馬のそんな冗談交じりの呟きに、士門は眉をひそめる。

「お前こそ、大口を叩いてへまをしないことだ」

「へえ、言うじゃねえか」

天馬は自信に溢れた表情で、鼻を鳴らした。相手が伝説の婆娑羅だろうと、絶対に自分に敗北はない――そう思っているのかもしれない。

だが、今回ばかりはそんな天馬の余裕ぶった態度も、頼もしく思えてしまう。なにせ相手は、歴史にその名を刻む強力な婆娑羅なのだ。

「負けるわけにはいかない……。この男にも、婆娑羅にも」

士門はぎゅっと、震える手を握りしめた。

その背中に清弦の視線が注がれていたことには、まったく気づかずに。

第《だい》二章《しょう》

禍野《まがの》とは、人間の住む世界の裏側に位置する異界である。

現《ウツツ》に暮らす人々の負の思念——怒りや悲しみ、嫉妬《しっと》や恨みといったマイナスの感情が流れこむ、情念の掃き溜めのような場所なのだ。

それゆえ禍野は、寂しげで陰鬱《いんうつ》な荒野のような風景であることが多い。どこまでも続く殺風景な平野に、朽《く》ちた建物の残骸《ざんがい》が点在する光景は、人の心の負の側面を具現化したようにひどく寒々しい。

しかしこの日、士門《しもん》たちの目の前に広がる深度一六七〇の禍野は、普段とはまるで様相を異にしていたのである。

「……こりゃあまた、見事に真っ黒だな」

高台から眼下を見下ろし、斑鳩恵治《いかるがけいじ》が感慨《かんがい》深げに呟《つぶや》いた。

深度一六七〇の大地を、ケガレの群れが埋め尽くしているのだ。地平線の遥《はる》か彼方《かなた》まで、ケガレどもはひしめき合い、一面真っ黒に染まっている。士門らが今立っているこの高台は、さながら黒色の海に浮かぶ孤島のようだった。

「さすがにこれだけの数のケガレが一か所に集まっているのを見るのは初めてだ。正直、見ているだけで気が滅入りそうだな」

肩を竦《すく》める恵治に、士門は「俺も同感です」と返した。

「もはや五千どころじゃない。万は下らないでしょう。しかも、こうしている間にもどんどん数を増やしているようです」

「禍野中のケガレが、この場所に集結してるってことか。さすがにこの大群から結界を守り続けるのは厳しいだろうな。物量が違いすぎる」

恵治の端整な顔が、物憂《ものう》げに歪《ゆが》む。

「それにしても、凶暴なケガレどもが、うめき声のひとつも上げずに大人しく並んで歩いてるなんてな……。こんな不気味な光景、初めてだよ」

「これが自凝《おのごろ》の術……『魔繰禍眼《まぐるまがつめ》』なのでしょう」

眼下のケガレたちは、一糸乱れぬ行進を続けていた。獣《けもの》型のもの、虫型のもの、羽の生えたもの、形も大きさもバラバラなケガレたちが、一点を目指して歩き続けている。

「連中は、自凝の支配下に置かれています。指揮官を得たケガレは強敵です。普通では考えられない動きをしますから」

「ああ。それは俺も、前回の任務で身を持って思い知らされた。下位のケガレどもですら、真蛇《シンジャ》クラスの脅威になりうるってな」

「くれぐれも、どうかお気をつけください。恵治様」

「『恵治様』はやめろって、いつも言ってるだろ。『お兄さん』だ」

いたずらっぽく笑みを見せる恵治に、士門は「すみません」と苦笑する。

大事な戦いの前だというのに、恵治の調子は変わらない。士門に普段通りの姿を見せることで、緊張感を解きほぐそうとしてくれているのだろう。

斑鳩恵治は斑鳩家当主・峯治《ほうじ》の息子であり、斑鳩家の次期当主である。士門にとっては義兄に当たる。

やや好色なところもあるが、基本的には見た目通りの好青年である。士門が分家出身であるにもかかわらず、実の弟のように大事に扱ってくれている。士門に〝朱雀《すざく》〟の継承権を譲った後でも、それはなんら変わることはなかった。

命懸けの戦いを前にしても、こうしていい兄貴風を吹かせてくれている。士門にとっては本当にありがたい家族であり、仲間だった。

「それにしても」恵治が続ける。「これだけの数のケガレを一度に操るというのは、とんでもない術だな。さすがは、伝説の婆娑羅《バサラ》っていうだけのことはある」

「もしも俺たちが自凝を倒せなかったら、土御門島《つちみかどじま》はこのケガレどもに蹂躙《じゅうりん》されることになってしまいます。敵の数は膨大《ぼうだい》ですが、やるしかありません」

「ああ。責任重大だな」

恵治はにっと微笑《ほほえ》み、士門の肩にぽん、と手を置いた。

「士門、お前は俺たち斑鳩の部隊のリーダーだが、ひとりで気負いすぎるなよ。お前の後ろには、いつも俺たちがいることを忘れるな」

「はい、ありがとうございます」

「ま、今回は幸い、他の天将十二家《てんしょうじゅうにけ》の部隊も一緒だ。持ちつ持たれつやっていこう」

恵治が背後を振り返る。すぐ近くで陰陽連《おんみょうれん》選りすぐりの合同討伐隊《とうばつたい》の面々が、それぞれ出撃の準備を整えていた。

集団で円陣を組み、「てめえら、命《タマ》取られんじゃねえぞ!」と大声で気合いを入れているのが天若《あまわか》家だ。サングラスやモヒカン、パンチパーマなど、あいかわらず独特な見た目の陰陽師《おんみょうじ》集団である。もっとも、彼らが確かな実力の持ち主であることは、士門もよく知っていた。

対して、鸕宮《うのみや》家の陰陽師たちは至って冷静だった。ほとんど口を開かずに、じっと戦場を見つめている。敵の数や地形の分析を行っているのかもしれない。

鸕宮天馬《てんま》もまた不敵な笑みを浮かべながら、眼下のケガレの群れを見つめていた。

鸕宮家は当主である天馬以下、天将十二家中最強の戦闘力を有するという。これまで士門は彼らと共同で任務を行った経験はないため、どのような戦い方をするのかまるで未知数だった。

少なくとも、ここにいるのは陰陽連きっての精鋭中の精鋭である。彼らを信頼して戦うことこそ勝利への第一歩であると、士門は信じている。

「では、作戦を説明する……！」

合同討伐隊の隊長、天若清弦《せいげん》が全員に向けて口を開いた。

「俺たちの目標は、第三位婆娑羅・自凝。まずはこのケガレの軍勢の中から、ヤツを見つけ出すことを優先する。『魔繰禍眼』の呪力《じゅりょく》の流れを探れぇ〜〜」

周囲のケガレの軍勢は、全て自凝の『魔繰禍眼』によって操られている。すなわち、その術の発生地点を探れば、おのずと自凝のもとに辿《たど》りつけるということだ。

ケガレの群れを切り払いつつ、自凝の居場所を探索する。時間も人手も限られているこの状況では、清弦の言う方法以外に自凝を探す手段はないだろう。

ただ問題は、『魔繰禍眼』の規模がいまだ不明であるということだった。規模が広ければ広いほど、自凝の位置の特定に時間を要することとなる。場合によっては、延々とケガレの群れと戦い続けることにもなりかねない。

「つまり、スタミナと呪力の配分が課題になるな」

「はっ、小難しいこと考えてんじゃねえよ」

士門に向かって挑発的に呟いたのは、鸕宮天馬だった。

「婆娑羅のところまでまっすぐ進む。邪魔するケガレは叩き潰す……。要は、全力で目の前の敵をブッ潰しゃあいいんだろ。わかりやすい作戦じゃねえか。んん？」

「そういう問題ではない。作戦目的達成のためには、現状の彼我《ひが》の戦力を分析し、効率的な戦い方を模索するべきだ。自凝のもとに至るまでに消耗《しょうもう》してしまっては、元も子もないからな」

「なんだトリ丸《まる》、ビビッてんのか？」

「ビビッてなどいない。それと何度も言うが、俺の名前はトリ丸ではない」

やはり性格的に、この男とは合わない。考え方や行動方針が、あまりにも違いすぎる。

一方清弦は、そんな士門と天馬のやり取りなどまるで眼中にない様子だった。

「やり方は各隊の方針に一任する。どんな方法でもいい。自凝を祓うことが至上命題だぁ〜〜」

清弦は「ただし」と続ける。

「てめえらが失敗したら、土御門島は一巻の終わりだ。それだけは肝《きも》に銘《めい》じておけぇ〜〜」

清弦が、厳しい表情で全体を見渡した。士門の身体《からだ》にも緊張が走る。ついに、土御門島の命運を懸《か》けた決戦の火ぶたが切られようとしているのだった。

ケガレの海を見下ろし、清弦が声高《こわだか》に宣言した。

「いくぞぉ〜〜っっ!!!!」

間髪いれず、陰陽師たちの気合いの入った返事がこだまする。

ここにいるのは、斑鳩家、鸕宮家、天若家の総勢十五名の精鋭たちだ。果たして自分たちはこの大量のケガレの軍勢を突破し、伝説の婆娑羅を打ち祓《はら》うことができるのだろうか。

「……可能かどうかではない。俺たちがやるしか、未来はないんだ」

士門は腰のホルダーから霊符《れいふ》を数枚、まとめて抜き出した。轟腕符《ごうわんふ》、金剛符《こんごうふ》、韋駄天符《いだてんふ》等の戦闘力強化用の基本霊符と、朱雀の霊符〝天翔顕符《てんしょうげんぷ》〟である。

片手に握るのは、斑鳩家に代々伝わる古い刀剣だ。歴代〝朱雀〟の継承者の証《あかし》である。


「朱染雀羽《しゅぜんざつば》……急急如律令《きゅうきゅうにょりつりょう》！」


士門の手にした剣が呪力を帯び、金色に輝き始める。その輝きは、斑鳩家の誇《ほこ》りそのもの。歴代の十二天将〝朱雀〟は、千年もの間、この朱染雀羽を振るい、ケガレを祓い続けてきたのである。

自分もまた、朱雀の名に恥じない戦いをしなければならない。

剣の柄《つか》をぐっと握りしめ、士門は眼下に広がるケガレの群れを見据《みす》えた。

士門の隣に、恵治がやってくる。

「自凝を探すためには、まずこいつらを突破しなければならないわけだよな。なかなかハードな戦いになりそうだ」

恵治の手に握られているのは、二刀一対の呪装《じゅそう》、赤鷲刃羽《せきしゅうじんば》である。士門同様、呪装の準備は万全のようだ。

「先陣はまず、俺たちが切り開こう。奇襲をかけるなら、斑鳩家の呪装が一番向いている」

「恵治様、我々も共に参ります」

羽田《はねだ》以下、戦闘準備を整えた斑鳩家傘下《さんか》の陰陽師たちが恵治の背後に控えていた。斑鳩家の部隊は合計五名。それぞれが単独で真蛇《シンジャ》級を祓った経験を有する凄腕揃《すごうでぞろ》いである。

恵治は羽田に「頼りにしてるよ」と頷《うなず》き、両手で印を刻み始める。

「韋駄天符、飛天駿脚《ひてんしゅんきゃく》……急急如律令！」

恵治が呪文《じゅもん》を唱えつつ、高台を駆け下りる。

眼下のケガレの群れへと落下突撃を仕掛ける気なのだろう。砲弾のごとき速度だった。

「俺の双剣が道を開く！　みんなついてこい！」

頭上からの超高速の急襲には、ケガレの軍勢も対応しきれていなかったようだ。

恵治は着地と共に双剣を振るい、周囲のケガレを瞬《また》く間に細切れにしてしまう。目にも留まらぬ神速の連撃である。

赤鷺刃によって切り刻まれたケガレたちは、声もなく消滅したようだ。上から見ていると、まるで黒い海の中にぽっかりと穴が空《あ》いたような状態になっている。

「おお、やるじゃねえか！　あの兄ちゃん！」

「あれが斑鳩家の『音速剣《スピードスター》』か……！」

「顔だけの優男じゃねえってわけだな！」

歓声を上げたのは、天若家の傘下の陰陽師たちだった。双剣で次々とケガレを薙《な》ぎ倒す恵治の華麗《かれい》な戦闘スタイルは、陰陽連きっての強面《こわもて》集団すら魅了してしまったらしい。

恵治の活躍を目《ま》の当たりにして、士門は誇らしい気分になった。

十二天将の座こそ士門に譲ったものの、恵治の戦闘能力は斑鳩家トップクラスである。斑鳩家の次期当主として、そして士門や小夜《さよ》の兄として、彼がどれだけ鍛錬《たんれん》を重ねてきたのかも知っている。

羽田らと同様、恵治は士門にとってもっとも信頼する仲間だといってもいい。恵治が今回の任務で同行してくれているのは、非常に心強いことだった。

「よーし、俺たちも負けてられねえなあっ！　天若家の意地、見せてやるぜえええっ！」

天若家傘下の筆頭陰陽師、依羅刃夜《よさみじんや》が吼《ほ》えた。ガントレットタイプの爪型呪装、黒煉手《こくれんしゅ》甲《こう》を構え、高台を一気に駆け下りていく。

「戦闘開始《カチコミ》だあああああああっ！」

刃夜は接敵するなり、黒煉手甲を大振りに振り抜いた。研《と》ぎすまされた黒い爪が、蛇種《ジャ》三体をまとめて葬《ほうむ》り去る。

さすが、あの清弦の部下である。天若陰陽師の気迫に、貫けぬものはない。

「だあああらしゃああああああっ！」

刃夜に続いて、天若家の強面陰陽師たちがケガレに飛びかかった。それぞれが果敢にケガレの懐《ふところ》に飛びこみ、爪型呪装での近接格闘《ドツキ合い》を開始する。

クロスレンジでの戦闘は、天若家のもっとも得意とするところである。その死をも恐れぬ特攻戦術は、他の天将十二家の陰陽師たちにも真似《まね》できないものだった。

おそらくは清弦さんの指導の賜物《たまもの》なのだろう――と、士門は思っている。彼のもとで長期間、スパルタ修行を積んだ自分だからこそわかる。

天若家の陰陽師にとって、命ギリギリのやり取りというのは日常茶飯事なのだ。彼らの強さは、何よりもその精神力にある。

「……いやはや、斑鳩や天若の皆さんもやりますね」

ふと、士門の背後から呟きが聞こえてきた。

振り向いてみれば、長髪を頭の後ろで束ねた、細面《ほそおもて》の陰陽師がいる。腰に刀を差し、侍《さむらい》めいた外見の男。目の下の二つのホクロが特徴的な男だ。

その顔は士門も知っている。鸕宮家傘下の筆頭陰陽師、外院周助《げいんしゆうすけ》である。

「これだけのケガレの大群に対し、臆《おく》さず立ち向かってみせるとは……。両家とも、かなりの練度に達している様子。なかなかどうして、見くびれません」

外院は腕を組み、悠然《ゆうぜん》と戦場を見下ろしている。見れば、他の鷹宮家の陰陽師たちも、積極的に戦闘に加わろうとするそぶりは見られない。みな、一歩引いたところで戦況を観察しているのである。

土御門島の存亡を懸けた戦いに際しているというのに、なぜ彼らは他人事《ひとごと》のような態度を取っているのか。士門は疑問を覚えた。

「あなたたちは戦わないのですか？」

「ええ。我らの役目は後方支援ゆえ」外院が答える。

「この状況で支援だけ？」

今回の任務にはタイムリミットが設定されている。このケガレの軍勢は、あと半日もしないうちに現《ウツツ》へと繋《つな》がる結界に到達してしまうのだ。

一刻も早く自凝を撃破しなければならないという状況で、あえて戦力を温存しておく理由もない。

首をひねる士門に、外院は答えた。

「それが我らの主《あるじ》である天馬ちゃま……いえ、天馬様のご命令ですから」

「天馬の？」

「ええ、『誰も手を出すんじゃねえ』と」

外院がふと、ケガレの群れの中央に目を向ける。

そのときだった。外院の視線の先、士門らのいる高台から数十メートルほど離れたところに、突如高層ビル大の巨大な物体が出現したのである。

見上げてみれば、現れた巨大な物体は剣の形をしていた。あんな馬鹿《ばか》げたサイズの剣は、この世にひと振りしか存在しない。

〝貴人《きじん》〟の呪装、貴赫人機《きかくじんき》である。

「あれは、天馬の……!?」

突如出現した貴赫人機の刃《やいば》によって、付近に蠢《うごめ》いていたケガレがまとめて押し潰されたのだろう。「アギイイイイ！」「ギャアアアアアッ！」という複数の金切り声が、和音となって響きわたっていた。

「天馬様はすでに、戦闘状態に入られました。我々にできることは、ただそれを見守ることのみです」

外院は涼しげな表情で、巨大剣が宙を舞うのを見つめている。

士門にとっては信じられない話だった。天将十二家というのは、当主である十二天将を中心として、一致団結して戦いに臨《のぞ》むものだと思っていた。少なくとも斑鳩家や、天若家ではそういう体制が取られている。

鷓宮家の流儀は、だいぶ士門の常識からは外れているのかもしれない。

「あいつを守りたいとは思わないのか？　天馬はあなたたちの当主でしょう!?」

「当主だからこそ、ですよ」

外院は思わせぶりに、かすかに口の端をつり上げた。

「我々は天馬様の実力を熟知しています。あの力は言うまでもなく最強。他の追随《ついずい》を許さぬ圧倒的な存在です。他者のフォローなど最初から不要……むしろ、我々が手を貸したところで、あの方の戦いの邪魔になるだけ」

「だが、それでは三家合同の部隊として戦う意味がない。自凝は伝説の婆娑羅なんだ。この任務、俺たち陰陽師が一丸となって戦わねばならない場面だというのに――」

「恐れながら斑鳩士門様。それは凡人《ぼんじん》の発想かと」

歯に衣着せぬ外院の言葉に、士門は思わず耳を疑った。

「凡人、だと？」

「まあ天馬様に比べれば、この世のほぼ全ての人間が凡人なのですが」

なにがおかしいのか、外院は薄い笑みを浮かべていた。

「天馬様の『最強』は、いついかなるときでも揺るぎませぬ。たとえ相手が伝説の婆娑羅だろうと、たとえこの世の全てのケガレを相手にしようと、きっとなんとかなさるでしょう。あの方は、おひとりで完成されているのです」

そんな馬鹿な、と言いかけて、士門は言葉を飲みこんだ。確かに天馬の実力は十二天将の中でも別格だ。婆娑羅を単独で倒すことくらいは、本当にやってのけるかもしれない。

外院は言葉を切り、士門に冷たい視線を向ける。

「あなた方も、勝手にケガレと戦うのは結構ですが、ゆめゆめ天馬様の邪魔などなさらぬよう」

「邪魔だと……？」

「少なくとも、天馬様はそう思っているでしょう」

士門の視線の先では、呪装・貴赫人機が瞬間移動を繰り返していた。現れては消え、消えては現れる。そのたびに巨大な刃が、ケガレの群れを容赦《ようしゃ》なく薙ぎ払うのである。巨大剣が一度宙を舞うごとに、数十体のケガレが断末魔の声を上げているようだった。

天馬の呪装は、見た目通りに大味で強力無比である。だがそれゆえ、味方にとっても危険極まりないものとなる。近くで戦えば、あの神出鬼没の攻撃に巻きこまれかねないだろう。実際、斑鳩家や天若家の陰陽師たちは、天馬とは距離を置いて戦っている。

「ズバババババアアアアアアン！」

天馬の咆哮《ほうこう》と共に、貴嫐人機が思いきり地面に突き立てられる。地面も瓦礫《がれき》もケガレも、跡形もなく粉砕されてしまっていた。やはり、物騒な呪装である。

貴嫐人機は、一対多数の単独戦闘に特化したものなのだ。共に戦う者の存在を、はなから考慮していない。まさに、鸕宮天馬という孤高の天才を象徴するような呪装なのである。

——誰の力も必要ねえ。

先日禍野で遭遇した天馬は、確かにそう言っていた。外院の言う通り、天馬の強さは単独で完成されている。他人の力を借りる必要などないのかもしれない。

だが、と士門は思う。

「他人を蔑《ないがし》ろにするような強さなんて……本当の強さとは……言えない」

呟きが聞こえていなかったのか、外院は「なにか？」と首を傾《かし》げている。

士門は「別になんでもない」と首を振り、朱染雀羽の刃を構えた。

今は他人のやり方にこだわっている場合ではない。島の存亡を懸けた戦いなのだ。自分は自分のベストを尽くすのみである。

「オン　ギャロダヤ　ソワカ……『降天迦楼羅《ごうてんかるら》』、急急如律令！」

士門の呪文と共に、朱染雀羽の刃が鳥の翼《つばさ》の形を取る。これを背中に装着すれば、飛行形態の完成である。

今はなすべきことをする。己《おのれ》の翼を信じて、戦いに赴《おもむ》くのみだ。

※

戦闘開始から、もう六時間近くが経過していた。

深度一六七〇の入り口は、今や遥か後方にある。三家合同の自凝討伐隊は、ケガレの海のまっただ中で激しい死闘を繰り広げていたのだった。

「はああっ！」

朱染雀羽の一翼が、前方の敵を切り裂いた。小鬼のようなシルエットのケガレが身体を一刀両断され、「イギギギィ！」と苦悶《くもん》の声を上げて消滅していく。

「はあっ……はあっ……！　これで、九十八体目……！」

士門の狩衣《かりぎぬ》の内側には、大量の汗が流れていた。呼吸は荒く、手足は鉛《なまり》のように重くなりつつある。

なにせこの数時間ろくな休みもなく、四方八方から襲いかかってくるケガレと延々戦い続けているのだ。さすがに体力も呪力も、底が見えてくる。かなり多めに持ってきていたはずの手持ちの霊符も、残り三分の一を切ってしまっていた。

おそらく今頃は、ケガレの軍勢の最前線は禍野のかなり浅い層まで侵攻してしまっているだろう。そちらの様子は気になるが、雲林院《うじい》家や五百蔵《いおろい》家等、守りに特化した十二天将が率いる防衛部隊を信じるしかない。

「今の俺たちにできるのは、一刻も早く自凝を発見し、これを祓うことだけ。だが、これほどまでに疲弊してしまっていては……」

周囲を見れば、他の陰陽師たちにも疲労の色が窺《うかが》える。

「くそっ！　また呪装がイカレちまったか！」

依羅刃夜が、ケガレに破壊された武器を投げ捨てる。彼はすぐさまホルダーから予備の霊符を取り出し、爪型呪装を装着し直した。

「まだ自凝のとこには辿りつけねえのか!?　このままじゃあみんな持たねえぞ！」

「敵さんの守りはすこぶる固いみたいだな……！　これほどにも先に進ませてもらえないとは」

恵治もまた、目の前のケガレを相手に苦戦を強《し》いられている様子だった。ケガレが伸ばす触手を双剣で切り払うのに必死で、なかなか反撃に移れないようだった。

恵治の狩衣はあちこち破れ、痛々しい傷跡ができてしまっている。防御や治癒《ちゆ》に呪力を回す暇もないのだろう。これだけの物量を相手にしていれば、どんな一流陰陽師でも苦戦は必至である。

「くそっ……！」

触手を使うケガレを仕留めるべく、恵治が鋭い刺突を放った。

しかしその刃は、横合いから伸びてきたケガレの腕に叩き落とされてしまう。恵治は「ちっ」と舌打ちをし、剣を捨て背後に飛び退《の》いた。

「おい、斑鳩の兄ちゃん！　気ぃつけろよ！　こいつら、互いが互いをフォローし合ってやがるんだ！」

刃夜の注意喚起に、恵治は「まったく厄介《やっかい》だよ」と頷き返す。

「徒党を組むケガレというのが、ここまで相手にしにくいものだったとは……。『魔繰禍眼』、恐るべしだ」

「こいつら一体一体は雑魚《ざこ》のくせによ……！　まるで、訓練された兵隊みてえな連携をしやがる！」

「普段のケガレ祓いの常識が、まるっきり通じない。やりにくくてしょうがないよ」

恵治や刃夜という実力者でさえ、この軍勢には手を焼いている。本隊がなかなか自凝のもとに辿りつけないのは、それが原因だった。

「うぐうっ！」

刃夜がうめき声をあげ、地に膝《ひざ》をついた。死角から飛び出してきたケガレの爪に、背中をばっさりと切られてしまったのだ。

立ち上がろうとする刃夜に「大丈夫ですか？」と肩を貸したのは、外院周助だった。

「今、治癒を行います。少しじっとしていてください」

「あ、ああ……すまねえな」

刃夜はバツの悪そうな表情で立ち上がり、外院の指示に従う。

「助かったぜ、鸕宮の」

「いえ」外院が軽く首を振った。

「てめえらの援護のタイミングはホント完璧だな。最初は後ろで結界張ってるだけの根性なし連中かとも思ったが、なかなかやるじゃねえか」

「天馬ちゃま……天馬様のフォローを、伊達《だて》に十数年間もやっているわけではありませんから」

外院はふっと頬《ほお》を緩めたものの、すぐに険しい表情に戻る。周囲のケガレが数体、外院に向かって突進してきたからだ。

刃夜は黒煉手甲を構え、突進してきたケガレを迎え撃つ。

「ちっ……！　ろくに休む暇もなしかよ！　このままじゃケガレどもに押し負けちまうぞ……！」

刃夜の爪も、ケガレの触手に絡めとられてしまっている。数時間前は一撃でケガレを祓っていたその爪も、今では鋭さを失いつつあるようだ。さすがに呪力が尽きてきたのかもしれない。

「まずいな。皆、息が上がってきている」

士門が周囲を見れば、他の陰陽師たちもそれぞれ武器や身体に深刻なダメージを受けているようだった。土御門島で最強の戦闘力を誇る三家の精鋭部隊は、いまや満身創痍《まんしんそうい》の状態に陥《おちい》ってしまっている。

周囲を見回し、士門が指示を放つ。

「斑鳩陰陽師は、天若家と共同で戦線の維持に当たれ！　無理に単独で突出するな！」

すぐ背後では、羽田が巨大な蜂《はち》型のケガレと交戦しているところだった。

ベテラン陰陽師である羽田も、攻撃を捌《さば》ききれなかったのだろう。ケガレの針にわき腹を突き刺され、「うぐうっ！」と地に膝をついてしまった。彼の足下に、大量の赤黒い血がこぼれ落ちる。

「羽田さん！」

「士門、羽田さんの援護を頼む！　周りの敵は俺たちに任せておけ！」

恵治に「お願いします！」と返し、士門はとっさに印を結んだ。

朱染雀羽の羽根が一枚、背中から高速で射出され、巨大な蜂型のケガレに向かってまっすぐ飛んでいく。刃は蜂型ケガレの胴体を捉《とら》え、一瞬で貫くことに成功した。

士門はそのまますぐに羽田のもとに駆け寄り、彼の体を支える。

「し、士門様……も、申し訳ありません、不覚を取りました……。ぼ、防御用の霊符も

「……底を尽きてしまって……」

「喋《しゃべ》らないでください」

士門はホルダーから治癒の霊符を取り出し、羽田の脇腹に当てる。

「アビラウンケンソワカ。アビラウンケンソワカ――」

呪力の輝きを当てられ、羽田の傷口が徐々に小さくなっていく。幸い、士門の治癒の呪《しゅ》は間に合ったようだ。士門はほっと胸をなで下ろした。

「この老いぼれめのために、貴重な呪力を……。すみません、士門様」

「いいんです。部下を守るのは、当然のことですから」

しかし、と士門は内心で思う。部下を守るとは言ったものの、これだけの鉄壁の軍勢を相手に、今の自分はどこまで戦えるだろうか。

配下のケガレ相手だけでも、これだけ苦戦させられてしまっているのだ。本命の自凝がこの後に控えていることを考えると、苦戦は免《まぬが》れ得ないだろう。

腰の霊符ホルダーにちらりと目を向ける。十二天将〝朱雀〟の切り札、朱雀明鏡符《すざくめいきょうふ》は、いつでも取り出せる位置に入っていた。もっとも今の士門には、ろくに使いこなすことのできない切り札ではある。

「俺にもう少し力があれば、もっと思いきった戦い方もできたのだろうが……」

「思いきった戦い方、とは？」羽田が首を傾げた。

「たとえば、ああいうのです」

数十メートルほど前方では、巨大剣・貴嫐人機が相変わらず自在に宙を跳ね回っていた。天馬の「ズッバアアアン！」「ドッガアアアアン！」という派手な絶叫《ぜっきょう》と共に、ケガレの群れが次々と塵《ちり》に還《かえ》っていく様子が見て取れる。

討伐隊の他の面々がこれほど苦戦しているケガレの軍勢でさえ、天馬の敵ではなかった。連中が天馬の前に立ちはだかった瞬間、いずれも跡形もなく薙ぎ払われてしまうのだ。

ケガレの海を巨大剣で叩き割り、更地《さらち》となった禍野の大地を悠然と歩む天馬の姿は、まるで古代の預言者のごとく神々しくも見える。

羽田が、「ははあ」と感嘆のため息を漏《も》らす。

「やはりすごいものですね。天馬様は」

「確かに、あいつの呪力の量は、陰陽師の一般的な基準を遥かに超えています」

戦闘開始から今まで、天馬はずっとあの調子でケガレの群れを蹴散らし続けていた。その間、天馬に疲労の様子は見られない。貴嫐人機の操作にも乱れや衰えはないようだった。

つまり天馬は極めて長時間、極めて高い精度で、膨大な呪力を放出し続けているということになる。

瞬間火力だけではなく、継戦《けいせん》能力の高さという面においても、あの男は最強の名に相応《ふさわ》しい存在なのかもしれない。気に入らないが、それは認めざるを得ないだろう。


「あのレベルの呪力を自在に扱えるなら、俺の戦闘の幅も広がるはずです。それなら羽田さんたちにも苦労をかけなくて済む」


「いえ、苦労など……。士門様にはもう、十分に世話になっていますから」

羽田は「もう大丈夫です」と軽く頭を下げた。ダメージはまだ残っているようだが、足取りはしっかりしている。戦闘にはもう支障はない様子だった。


「では、戦線に復帰を――」

と士門が言いかけたところで、すぐ近くから「おい、アレを見ろ！」という声が響いた。

天若家の陰陽師たちが、前方を怪訝《けげん》な様子で見つめている。

彼らの視線を追ってみれば、士門も思わず「む」と眉をひそめてしまう。

それまで縦横無尽に戦場を飛び回っていたはずの貴煉人機が、空中で静止しているのだ。

巨大な剣が微動だにせず、一か所にとどまっている。

いや、よく見ればとどまっているわけではない。止められているのだ。

貴婦人機の刃の先端には、何者かの姿があった。大柄な男が、片手で巨大な刃を受け止めていたのである。

「まさか、あれは……!?」

士門が息を呑《の》む。

その人物の肌は浅黒く、瞳は爛々《らんらん》と金色に輝いていた。ざんばらに広がった白い髪は、腰まで届くほど長い。筋骨隆々の肉体を覆《おお》うのは、ぼろきれのような胴着だ。格闘家を思わせるような出で立ちをしている。

開いた胴着の襟元《えりもと》からは、胸に刻まれた九字法印《ドーマン》が覗《のぞ》いていた。それこそ、男が人間ではなく、ケガレであるということの証である。

「ヤツの呪力は普通じゃない！　あれが自凝か!?」

恵治の声に、周囲の陰陽師たちが色めき立った。

「ようやく親玉が出てきやがったな……！」「ここが正念場だ！　油断するなよ！」

貴婦人機を押しとどめるケガレ――自凝は、「フシュウウウウ」と身体全体から蒸気のような煙を上げている。顕在化《けんざい》した呪力が立ち上っているのだろうか。

その一際変わった様相に、羽田も息を呑んだ。

「〝貴人〟の巨大剣を片手で止めてしまうとは……一筋縄ではいかない敵のようですね……！」

「ええ、十分に気をつけるべきだ」士門が頷く。「他の雑魚どもも、ヤツの周囲を守るように行動しているようです。畏《おそ》れ敬《うやま》われているのか……。あいつがこの集団の中で、特別な地位にいるのは間違いないでしょう」

胴着姿のケガレ――自凝は、受け止めていた巨大剣を両手で力任せに放り投げた。全長十数メートルの巨大剣が軽々と宙を舞い、近くの瓦礫に叩きつけられてしまう。

この婆娑羅、驚くほどの怪力の持ち主のようだ。人間大の身体からは考えられない。

「へえ……」

天馬が呪装を解除し、貴嫐人機の巨大な刃はひと振りの刀へと戻る。

その表情は、どこか愉《たの》しそうだ。「少しは骨のある敵が現れた」とでも思っているのかもしれない。

そんな天馬に向けて、自凝が視線を向ける。

「貴様ラ……陰陽師ダナ」

「んん？　いまさら何言ってやがるっ」

「陰陽師ハ我ラ千年ノ敵……！　排除セネバナラナイ……！」

自凝が周囲を見回し、手を振り上げた。それが他のケガレたちへの合図だったのか、討伐隊の周辺を取り囲んでいたケガレたちが、波が引くように一斉に距離を取り始めた。

刃夜が「ふん」と鼻を鳴らす。

「野郎、俺たち全員をひとりで相手にするつもりかよ」

「己の強さにそれだけの自信があるということか……」

恵治は赤鷲刃を構え、自凝の一挙手一投足を注視していた。

敵は伝説の婆娑羅なのだ。その出方もわからない以上、不用意な行動は死に繋がりうる。警戒してしすぎるということはない。

「では、まずは俺が先行して――」

恵治が足を踏み出そうとしたそのときだった。突然、恵治が後方へと吹っ飛ばされたのである。恵治は背後の岩石に強く背中を打ちつけ「げふっ」と大量の血を吐き出した。

「恵治様!?」

いったい何が起きたのか。気づけば、他の陰陽師たちも次々と倒されていくではないか。

斑鳩家の熟練の陰陽師も、天若家の屈強な陰陽師たちも、それぞれうめき声を上げていた。

「ぐっ……！　ちくしょう、いったい何が起こりやがった……！」

刃夜が倒されたところで、士門はようやく状況を理解した。自凝の仕業《しわざ》である。自凝が目にも留まらぬ速度で動き回り、討伐隊の面々をひとりずつ仕留めているのだ。

これだけの手練《てだ》れ揃いを瞬時に倒して回るなど、やはり油断ならない相手である。腕力だけではなく、スピードも常識外れのレベルのようだ。

士門は素早く印を刻み、背中の朱染雀羽の翼を広げる。ひとまず空中に退避し、反撃の糸口を探すのが先決だろう。

「恵治様たちは身を守るのに専念してください！　朱染雀羽の機動力なら、ヤツにも対応できる――」

しかしそんな士門の提案は、地上から響く「バアアアアンッ！」という叫び声にかき消されてしまっていた。

天馬である。天馬は指鉄砲でも撃つかのように右手人差し指をまっすぐ前に突きつけ、「バアアンッ！　バアアンッ！」と連呼していた。

天馬の声と同時に、自凝が「グウッ！」と動きを止める。まるで不可視の銃撃を受けているかのように、体勢を大きく崩していた。

天馬はそのまま、自凝に指鉄砲を連射し続ける。見る限り、遠隔射撃の術のようだ。

清弦の用いる『裂空魔弾《れつくうまだん》』に似ているが、石や瓦礫といった実体弾を用いているわけではない。おそらくは練った呪力を弾丸状に固定し、直接射出しているのだろう。

「おらおらぁ！　どうしたあっ！　んん!?」

指鉄砲から連射された呪力弾は、完全に自凝を縫《ぬ》い留めていた。

呪文も霊符もなしにこんな真似ができるのは、天馬くらいのものである。斑鳩家や天若家の陰陽師たちも、天馬の繰り出す銃撃に見入ってしまっていた。

士門は「くっ」と軽く唇を噛《か》む。

こちらが空中からの攻撃を仕掛けようと思った矢先に、先手を打たれてしまった。独断専行は気に入らないが、さすがは鸕宮天馬だというべきだろう。

士門は眼下の自凝に目を向け、印を刻み始める。

「援護する！　オン　ギャロダヤ　ソワカ――」

「はっ、要らねえよ！」

天馬は士門のほうを振り向きもせず、呪力弾を打ち続けていた。

「戦うのは俺ひとりでいい！　雑魚はすっこんでろ！」

「馬鹿なことを言うな！　敵は伝説の婆娑羅なんだぞ！」

「それがどうした!?　んん!?」天馬が冷たく鼻を鳴らす。「てめぇら雑魚どものお守りをしながら戦うほうが手間なんだよっ!!」

「お守り、だと!?」

「雑魚は上で黙って見てろ。戦いの邪魔だ」

取りつく島もない天馬の態度に、士門は言葉を失ってしまった。この男、本気で自凝を相手にひとりで戦うつもりのようだ。

さすがにそれは無謀なのではないかと思う。天馬がいくら「最強」だろうと、それは当代の十二天将の中での話だ。歴代の十二天将が誰も敵わなかった婆娑羅を相手に、ひとりで戦いを挑んで無事で済むとは思えない。

事実あの自凝も、天馬が放つ呪力弾の性質をすぐに見抜いたようだ。不可視の弾丸も、今や軽く腕で打ち払われてしまっている。

自凝の金の瞳が、天馬をまっすぐに見据えた。

「デハ、マズハ貴様カラダ……！」

「俺〝から〟じゃねぇ……俺〝だけ〟だ!!」

天馬が好戦的な笑みを浮かべ、地を蹴った。

その爆発的な脚力にも、無意識に呪力が用いられているのだろう。天馬は瞬時に自凝の懐《ふところ》へと飛びこみ、その胴体に向けて強烈なボディブローを放つ。

「ドッ……ゴオオオオオオン!」

よほど強烈な一撃だったのか、自凝の身体が「く」の字に折れ曲がる。自凝はそのまま後方へと吹っ飛ばされ、古い神社の残骸のような瓦礫に激突する。激しい衝撃により、朽ちた神社は派手な音を立てて崩れ落ちた。

たった一人の少年の拳《こぶし》が、伝説の婆娑羅を吹っ飛ばしてしまったのだ。思いもよらない光景に、恵治も「これは……」と、呆気《あつけ》に取られている。

一方、天馬自身はその一撃で満足したわけではないようだ。更なる追撃を加えるべく、吹き飛ばされた自凝のほうへと駆け出した。

「これで終わりじゃあねえだろうな! んん!?」

「グウウウウッ……!」

自凝もまた天馬を迎え撃つべく、すぐさま瓦礫の中から立ち上がった。右手を大きく振りかぶっているのは、何らかの術を発動させようとしている兆候《ちょうこう》だろうか。

「コレナラ……ドウダ!?」

自凝が真正面の天馬に向けて、まっすぐに右拳を突き出した。突き出された拳の先から、黒色の炎が巻き起こる。凝縮された呪力の火炎のようだ。

「下がれ天馬!」

士門が叫ぶも、眼下の天馬はまるで聞く様子もなかった。防御用の術などを使うそぶりすら見せず、そのまままっすぐに自凝のほうへと突っこんでいく。

黒色の炎は大きなうねりとなり、天馬を飲みこむべく大きく広がった。このままでは天馬が消し炭にされてしまう——士門が危惧《きぐ》したその瞬間、

「ドババババアアアアアアアア————ンッ!」

天馬もまた、自凝と同様に右手を前方に突き出していた。その拳の先端からは、白く輝く炎が激しい勢いで噴き出している。

それは自凝の炎に勝るとも劣らない業火《ごうか》だった。天馬は自凝の炎をひと目見ただけで、即興でそれ以上の術を編み出してしまったのである。

天馬の卓越した戦闘センスに、士門は戦慄《せんりつ》を覚えた。天馬は知識や経験でなく、ただの

直感でこれを行っているのである。この男の才能の前では、自分など、確かに凡人同然なのだろう。

白い炎の火勢はすさまじく、黒い炎を飲みこんで膨れ上がった。さらに自凝自身をも飲みこもうとしたところで、自凝はたまらず横っ飛びで炎を回避する。

「我以上ノ火炎ノ使イ手ガ存在シタトハ……！」

「てめぇ程度の火遊びなんざ、簡単に真似できるんだよっ」

自凝の顔が、般若《はんにゃ》のごとく歪んだ。自凝は起き上がりざまに地面を蹴り、そのまま天馬へと飛びかかる。格闘戦に持ちこむつもりなのだろう、その豪腕を大きく振り上げた。

だが、それも天馬には予想の範疇《はんちゅう》だったようだ。

「遅《おせ》えっっ!!」

天馬は軽く姿勢を後ろにずらし、自凝の鉄拳を鼻先で躱《かわ》した。そのまま くるりとバック転。回転の勢いを利用し、自凝の顎先《あごさき》を爪先《つまさき》で蹴り上げる。

「バッキイイイイイイン！」

強烈な蹴撃《しゅうげき》を受け、自凝が「グウッ！」と狼狽《うろた》える。その隙《すき》を見逃す天馬ではなかった。

左手に持っていた刀を、瞬時に呪装へと変える。天馬の手には、溢《あふ》れんばかりの呪力を放つ大剣、貴𫝂人機が握られていた。

天馬が「ズバッ！」と、それをひと振りすると、自凝の胴体中央に一筋の刀傷が走った。自凝が怯《ひる》んでも天馬は攻撃の手を緩めず、連続して斬撃《ざんげき》を放つ。

「ズバアン！」「ズドォオン!!」と次々と放たれる天馬の剣の前では、自凝でさえ防御で手いっぱいになっている。

「なんて、圧倒的な……！」

天馬の猛攻に、士門は思わず目を奪われてしまっていた。士門だけではない。恵治や羽田らその場にいた討伐隊の面々が、みな天馬の並み外れた強さに釘づけになっているのだ。

相手は婆娑羅なのに。それも、千年もの間誰も祓えなかった伝説の婆娑羅だというのに。

討伐隊メンバーをひと息の内に倒してしまった婆娑羅を、完封しているのだ。

鸕宮天馬という少年は、伝説すら凌駕《りょうが》するほどの天才だというのだろうか。

「これが……これがあいつの実力なのか」

一様に目を丸くする討伐隊の中で、たったひとりだけ険しい表情を浮かべている者がいた。天若清弦である。

天馬の連撃が確実に自凝を追い詰めているというのに、清弦の眉間《みけん》には深い皺《しわ》が刻まれていた。いったいどうしたというのだろうか。

「妙だな……」

清弦の呟きに士門が「え？」と首を傾げた。

「婆娑羅の力はこんなもんじゃあねえ〜〜。ヤツはおそらく、何かを隠していやがる……」

「何かって——」

士門に答える代わりに、清弦は走り出していた。

すかさず自凝の背後に回りこみ、白蓮虎砲《びゃくれんこほう》の爪を大きく振り抜く。背中に深い爪痕《つめあと》を刻みこまれ、自凝は「ヌグウウッ！」と顔をしかめる。

もっとも、顔をしかめていたのは自凝だけではない。

「おい、何勝手に手ぇ出してんだ」

天馬が刀を振るいながら、清弦を睨《にら》みつけた。

「こいつは俺の獲物《えもの》だぜ、クマ野郎。てめぇらみてえな雑魚陰陽師が、しゃしゃり出てくる場面じゃねえ」

天馬は言いつつ一閃《いっせん》、「ズバアアンッ！」と貴嫐人機を振るう。

体勢を崩していた自凝には、その刹那《せつな》の斬撃を避けることはできなかった。自凝の浅黒い左腕が宙を舞い、ぼとりと地に落ちる。

「どうだ、見たかよ！」

「口だけは一丁前だなぁ～～」

「んん？　何だとてめぇ……」

　清弦に食ってかかろうとした天馬だったが、最後まで言いきることはできなかった。清弦の鋭い拳が、その頬を狙って放たれていたからだ。

　天馬はすんでのところで清弦のパンチを受け止めたものの、その勢いを殺しきることはできなかったようだ。天馬の華奢《きやしや》な身体は、三メートルほど後方に吹っ飛ばされていた。

「クマ野郎！　てめぇ、何をしやがる！」

　天馬が憤《いきどお》りを見せた瞬間、彼のすぐ傍《そば》の地面が激しい火柱を上げた。ついさっきまで、天馬が立っていた場所だ。

　離れた場所にいる士門にすら、炙《あぶ》られるような熱さを感じさせる業火だった。

「切り落としたヤツの腕が、爆発した……!?」

　さすがの天馬も目を丸くしている。

　おそらくは天馬に腕を切断させたこと自体が、自凝の罠《わな》だったのだろう。自凝は無機質な瞳で、燃え上がる火柱をじっと見つめていた。

清弦を見上げ、天馬が鼻を鳴らした。

「助けてやったつもりかよ……」

「ムカついたからぶん殴った。そんだけだぁ〜〜」

言いつつ清弦は、視線を自凝に向けた。

「こいつはまだ、何かを隠してやがるみてえだからなぁ〜〜。厄介なことが起こる前に、速攻で片をつけるっ……!!」

「ククク……」自凝が奇妙な笑みを浮かべた。

清弦に背中を斬りつけられても、天馬に腕を切り落とされても、確かに自凝にこたえた様子はない。それどころか、ダメージを受けた部位がじゅうじゅうと煙を上げ、破壊された体組織が再生していく様子が窺える。

先ほど天馬が肩口から切断した左腕も、新たな腕に生え変わろうとしていた。すでに肘《ひじ》くらいまでは成長しつつある。

刃夜が「なんだよありゃあ」と舌打ちする。

「回復してやがるのか……!」

「あれが自凝の強さの秘訣《ひけつ》というわけか？　あの生命力なら確かに、これまで長年生き延びてきたということも納得がいくが……」

恵治や他の陰陽師たちが、戦々恐々とした面持ちで事態を見守っていた。

当の自凝は清弦に向けて、不敵な笑みを浮かべてみせる。

「貴様ラ程度デハ、我ヲ止メルコトハデキヌ」

「それは……やってみねぇとなぁ〜」

清弦が白蓮虎砲を構え、前傾姿勢を取る。

その構えはまさに、敵の喉元《のどもと》に食らいつこうとする野生の虎《とら》そのもの。以前に何度か、士門も見たことがある構えだった。

あの姿勢から放たれる必殺の一撃を受けて、生き延びたケガレはいない。

「虚空《こくう》・倶利伽羅《くりから》……！」

次の瞬間清弦は、全身のバネを使って自凝へと躍《おど》りかかっていた。その目にも留まらぬ身のこなしを前にして、自凝に逃れる術《すべ》はない。虎の顎《あぎと》のごとき獰猛《どうもう》な一撃が、自凝の胴体を貫く。

自凝は「グウッ！」と大量の血を吐いた。九字法印《ドーマン》ごと心臓を突き刺されたのである。

人間ならば確実に致命傷だろう。

だがそれでも、自凝に屈した様子は見られなかった。清弦に胴体を貫かれつつも、「ククク」と笑みを浮かべている。

「ヤルナ……ダガコノ程度ノ傷、問題ナイ……」

「身体が再生するってんなら、再生しようがねぇほどバラバラにしてやるぜ……!」

清弦は自凝を爪で突き刺したまま、頭上に高く持ち上げた。

それは清弦の合図だった。士門はその刹那、すぐに己が何をすべきか悟る。

「ナモハキャバチ　ロタラヤ　ミンナ　ゴウハラヤ　サバビナ　エンカラヤ――」

士門が両手で印を刻むと、朱染雀羽の翼が大きく広がった。翼を構成する一枚一枚の羽根に、呪力が充填《じゅうてん》されていくのを感じる。

「サツバセツトロ　ビナシャヤ　オンカバラ　シツルシンナ　カバラブロ　ロトロキニョウ　ハヤテイソワカ!!」

「何ヲスル気ダ……!?」自凝が怪訝な面持ちで士門に視線を向けた。

「これで終わりだ、自凝……!」

士門は自凝を見据え、背中の朱染雀羽に充填された呪力を一気に解き放った。

「赤鵺無限屏風《せきていむげんびようぶ》!!　喼急如律令!」

背中の翼から放たれた羽根の刃が、まっすぐに自凝を目指して飛んでいく。その数、計三十六枚。赤鵺無限屏風は、朱染雀羽の全ての刃を飛ばし切り刻む、十二天将〝朱雀〟の大技なのである。

無数の刃に切り刻まれ、自凝は「グアアアアアアッ!」と悲鳴を上げる。

三十六枚の羽根の刃は、自凝を容赦なく切断していく。腕部を切り脚部を刻み、そして頭部を削り取った。胴体に至っては再生の余地がないよう、念には念を入れて二十以上の部位に分割する。

「これで、どうだっ……!」

地面に残ったのは、細切れになった肉片だけだった。さすがにここまでバラバラに分解してしまえばひとたまりもないのだろう。周囲に散らばった肉片は、ぴくりとも動かなくなっていた。

「やった……のか?」

士門の呟きに応《こた》えたのは、恵治だった。

「さすがだな、士門」

自凝にやられた傷の応急処置はすでに済んでいるのだろう。動き回るのに支障はないようだった。

恵治は士門が切り刻んだ肉片の前に腰を下ろし、「うーむ」と検分を始める。

「こいつからはもう、呪力はほとんど感じないな……。あとはこの残骸をじっくり祓ってやれば、再生もできないだろ」

「本当にこれで終わりなのでしょうか？　伝説の婆娑羅にしては、少し呆気ない気がしますが」

「それだけお前や清弦さんのほうが強かったってことじゃないのか？」

恵治がさらりと笑ったことで、思わずふっと肩の力が抜ける。士門はゆっくりと地面に降り立ち、呪装を解除した。

周囲を見れば、地に伏していた斑鳩家や天若家の陰陽師たちも、皆ほっとしたような表情を浮かべている。

「俺たち、あの自凝を倒したんだよな」「ああ、これで土御門島は救われた！」「無事に帰れるんだ、よかった……！」「誰も死者はいないよな？　すごい成果じゃないか！」

負傷者の数は多く、それぞれ呪力もスタミナも切れかけている。それでも土御門島の危機が回避されたことに、みな歓喜しているようだった。

「やりましたね、士門様！」

羽田が喜色の笑みを浮かべ、士門のところにやってきた。

「士門様の技が、自凝を打倒したのですよ！　この報《しら》せを聞けば、ご当主や傘下の陰陽師たちもきっとお喜びになることでしょう！」

「いや、俺は最後のトドメを刺したにすぎない。ヤツをあそこまで追い詰めたのは、あくまで天馬や清弦さんですから」

言いつつ、士門は清弦のほうに目を向ける。

戦いが終わったというのに、清弦はいまだ気を張っている様子だった。自凝の撃破に沸《わ》く陰陽師たちの輪から離れ、ひとり険しい表情を浮かべている。

「清弦さん、どうしたんです？」

士門が声をかけても、清弦は警戒を解こうとはしなかった。じっと黙って、残骸となった自凝を見つめている。

「何か気になることでも？」

「まだ終わっちゃいねぇ〜〜」

清弦が呟いたそのときだった。「ウウッ、ウウッ」と嗚咽《おえつ》を漏らすような声が周囲に響き渡った。

「なんだ?」士門が眉をひそめ、周囲を探る。

どうやら嗚咽の出どころは、自凝の残骸のひとつのようだった。切断された頭部の下半分が、息も絶え絶えに声を漏らしている。

「怖イ……怖イ……。アア……恐ロシイ……」

「こいつ……! ここまでバラバラにされて、まだ息があるのか?」

士門はホルダーから霊符を取り出し、とっさに身構える。

だが自凝の残骸には、再びこちらを襲ってくるような気配は見られなかった。それも当然だろう。他ならぬ士門自身が、朱染雀羽の刃で徹底的に切り刻んだのだ。再生するにしても、まだ時間がかかるはずである。

自凝の残骸はグネグネと蠢《うごめ》きながら、嗚咽を漏らし続けていた。

「我ニ敗北ハ許サレナイ……。自凝ノ命ニ背《そむ》ク事ハ、死ヨリモ恐ロシイ……」

「なにを言ってやがんだ、こいつは? んん?」天馬が首を傾げる。

自凝の残骸は、いまだにぶつぶつと何かを呟き続けていた。

「……苦哉大聖尊《クサイダイシヨウソン》　入真何太速《ニユウシンカタソク》　諸天猶決定《シヨテンユウケツジヨウ》　天人追換得《テンニンツイカントク》　痛哉天中天《ツウサイテンチユウテン》　入真如火滅《ニユウシンジヨカメツ》……」

声が小さくてよく聞きとれなかったが、それはどこか聞き覚えのあるリズムの単語の羅《ら》列《れつ》だった。まるで陰陽師の用いる呪文のような――。

そのとき突然、清弦が叫んだ。

「全員、すぐに結界を張れえぇぇ*！*」

「なっ……!?」

士門は狼狽えつつも、すぐに結界用の霊符を取り出した。

そうだ。清弦の言葉で思い出した。自凝が呟いているのは、木火土金水の〝火〟の術、『城剋破山《じようこくはざん》』の呪文である。思えば、先ほど自凝が切断された左腕を爆発させたのも、この術だったのだろう。

『城剋破山』は、己の呪力で爆炎を生み出すシンプルな術だが、それゆえ呪力を注ぎこんだ際の破壊力はすさまじい。陰陽師の中にも、決死の特攻用としてこの術を用いる者もいる。自凝もまた、自爆覚悟でこの術を使うつもりなのだ。

「ちはやふる　神代《かみよ》のからす告げさして　いつしかはらん　本《もと》のウンケン……！　七難即《しちなんそく》滅《めつ》七里即星《しちりそくせい》！　喼急如律令！」

士門の周囲を、防御結界が覆う。

「魔剋破現《まこくはげん》、急急如律令!!」

その直後、散らばっていた自凝の肉片ひとつひとつが、強烈な光を放ち、激しく弾《はじ》け飛んだ。耳をつんざくような轟音《ごうおん》が連続し、戦場のそこかしこで爆炎が巻き起こった。大岩が粉々に砕かれ、瓦礫が消し炭に変わっていく。

「なんという……破壊力だ……!」

それは既存の術の規模を、遥かに超えた爆発だった。もしこれが現《ウツツ》で起こっていたのなら、陰陽連庁舎くらいなら軽く消し飛んでいたに違いない。

自凝は呪力と生命力の全てを費《つい》やして、討伐隊の全滅を図ったのだ。結界を張るのがあと数秒遅かったら、士門もただでは済まなかっただろう。その執念の深さに、士門は爆風の中でごくりと息を呑む。

これが伝説の婆娑羅の底力というものなのか。

ややあって炎と煙が徐々に消え、視界が明瞭になっていく。結界を解いた士門の目に飛びこんできたのは、惨憺《さんたん》たる光景だった。

「あ、ああ……」

「う……ぐうっ……！」

討伐隊の面々に、かなりの被害が出てしまっている。

防御結界を張るのが遅れたのか、それともそもそも結界を張る呪力も霊符も尽きていたのか。彼らは運悪く、自凝の自爆に巻きこまれてしまったようだ。

足を吹き飛ばされた者。顔面に大やけどを負ってしまった者。全身黒焦げになってしまった者もいる。無事な者は、もはや半数程度しか残っていない。

「な……なんだ……!?　なにが起こった……!?」

恵治が「げほっ」と咳《せ》きこみながら、ゆっくり立ち上がった。恵治はまだかろうじて無事のようだが、ダメージはそれなりに大きかったらしい。端整な顔には、痛々しいやけどがある。

「婆娑羅が自爆の術を……!?」

「くそっ……！　なんなんだよ、こりゃあよお！」

泣くような声で叫んだのは、依羅刃夜だ。刃夜は倒れた仲間を抱き起こしながら、声を荒らげている。

「おいっ、起きろっ……目を覚ましやがれ!!　てめぇら、こんなところでくたばるんじゃねえ！」

刃夜がいくら揺さぶっても、彼に抱かれた陰陽師は応えようとはしなかった。

外院が沈痛な表情で首を振る。

「我々の結界でもさすがに、全員を守り切ることはできませんでしたか……!!」

後方で援護や防御に専念していたはずの鸕宮陰陽師たちですら、この爆発でかなりの被害を受けてしまったようだ。手足を吹き飛ばされてしまった者もいる。

「なんてことだ……！」

士門にとってもそれは、血の気の引くような光景だった。禍野での戦いを始めてから数年、人の死を目の当たりにしたことは何度もある。だがそれでも、ここにいるのは天将十二家選りすぐりの精鋭だったはずだ。

その精鋭たちがこんなにも簡単に命を奪われてしまうなんて、士門には信じられないことだった。これが婆娑羅との戦いだというのか。

「士門……様……」

すぐ背後から、途切れ途切れの声が聞こえてくる。幼い頃から何度も耳にしてきた、その優しい声色《こわいろ》。それが今、ひどく掠《かす》れて弱々しいものになっている。

士門は歯を食いしばり、背後を振り向く。

「羽田さんっ……！」

そして目にしたのは、予想していた通りの悲劇的な有様だった。

「よ、よ……かった。士門様はご無事……で……」

羽田がにっこりと頬を緩める。彼の右腕と下半身はすでに焼失していた。腹の部分から下が真っ黒に炭化し、粉々に崩れてしまっているのだ。斑鳩家特製の紅蓮《ぐれん》の狩衣も、あの業火を防ぎきれるものではなかったのである。

士門は急ぎ、羽田の傍へと駆け寄った。地面に膝をつき、ホルダーから霊符を取り出す。

「大丈夫です、羽田さん！　こんな怪我《けが》、問題ない！　今、治癒の呪《しゅ》を使うから——」

「やはり、士門様は……お優しいですね……」

羽田はかろうじて残った左手を、霊符を握る士門の手の上に重ねた。かつて幼い士門の頭を撫《な》でてくれた、温かい手。本家に来たばかりの自分を労《いたわ》ってくれた、優しい手。

その羽田の手が今、どんどんと冷たくなっていくのだ。自分にそれを止める力がないのは、士門もよくわかっていた。

「諦《あきら》めないでくださいっ！　あなたはこんなところで死んでいいひとじゃない！　俺はま

だ、なんの恩も返せていませんっっ!!」

「し、士門坊っちゃまは……とてもお強いお方です……」

羽田の目が、じっと士門に向けられる。その昔、陰陽術の手ほどきをしてくれていた頃のように、深い慈愛に満ち溢れた眼差《まなざ》しだった。

「あなたが思うよりも……あなたは弱い人間じゃない。あなたの後ろにいる者は皆、あなたの力を信じ、尽くしたいと思っている者たちばかりです……。ですからどうか……おひとりですべてを抱えこまないで……」

「ああ、わかったから……! だから羽田さん! 頼むから、いかないでくれ……!」

しかしそんな士門の懇願《こんがん》も、羽田の死の運命を覆《くつがえ》すことはできなかった。重ねられていた彼の手が、力なく地面に落ちる。

士門が拳を握り、強く地面を打つ。胸の奥から熱いものが溢れてくるのを止めることができなかった。溢れた慟哭《どうこく》は雫《しずく》となり、士門の頬を濡らす。

顔を上げれば、すぐ近くに恵治の姿があった。

いつもは明るい恵治も、苦渋の色を浮かべた表情で天を仰いでいる。

「くそっ……! なんでっ! こんなこと……!」

「恵治様……」

他の斑鳩陰陽師たちは、なんとか先ほどの爆発を生き延びていた。だが、いずれも傷は深く、苦しげなうめき声を上げていた。再び任務に戻るためには、少なくとも数か月の療養が必要になるだろう。

彼らの惨状《さんじょう》に直面し、士門はズキリと胸が痛むのを感じた。

「それを言うなら、俺のせいです。……斑鳩家の十二天将なのに、みんなを守れなかった。峯治様にも申し訳が立ちません」

「すまない……。本当にすまなかった……士門」

恵治が人目を憚《はばか》らず、嗚咽を漏らす。

自分がもう少しうまく立ち回れていたら、こんなことにはならなかったかもしれない。羽田や他家の陰陽師たちが犠牲になる必要はなかったのだ。それを思うと、後悔の念に押し潰されそうになってしまう。

禍野の陰鬱な空気が、さらに重くなったようだった。うめき声以外、誰もひと言も発しない。降りかかった理不尽に、みな打ちのめされてしまっている。

そんな空気を破ったのは、あの男だった。

「いつまでもグズグズしてんじゃねえよ。そんな調子じゃ、お前らもすぐ死んじまうぞ？」

「天馬……お前っ……何を言ってるんだ……!!」

士門は天馬を強く睨みつけた。その非情な発言が、どうしても許せなかったからだ。

「わかんねえのかよ」天馬が後ろ頭をかく。「てめぇらのその、舐《な》めた根性が気に食わねえって言ってんだ」

「根性、だと？」

「禍野じゃ人は簡単に死ぬもんだ。全員その覚悟があって来たんだろうが」

士門は言葉を飲みこむ。天馬に対し、何も言い返すことができなかった。

禍野では――ケガレとの戦いでは、人の死はいつでも起こりうる。自分たち陰陽師は、それを覚悟の上で戦いに臨んでいるのだ。羽田にしたって、死んだ他の陰陽師にしたって、それは同じはずである。

「戦いになりゃあ、誰かが死ぬ。そりゃあ当然のことだ。一喜一憂したところで変わるものなんて何もねぇ。そんなことでグズグズしてるのは、心が弱《よえ》ぇからなんだよ」

心が弱ぇ――。天馬の厳しい言葉に、士門は殴られたような衝撃を受ける。

羽田は最期に、士門のことを「とても強いお方だ」と評したのではなかったのか。にもかかわらず、自分はそうあることができなかった。

これではダメだ、と士門は思う。羽田の言うように、強い人間にならねばならない。彼の遺《のこ》した想いに応えるためにも。

「後悔するなら、全部終わってからだ」清弦が鼻を鳴らした。「戦いはまだ終わってねえんだからなぁ〜」

「清弦さん……それはやはり……」

士門の言葉を、天馬が引き継いだ。

「自爆したコイツは、自凝じゃねえってことだな」

天馬の言葉に、生き残った討伐隊の面々が驚愕《きょうがく》の声を漏らした。これだけの犠牲を払って倒した敵が、目標ではなかったのだ。

「そうじゃねえかとは思ってたけどな」天馬が肩を竦める。「伝説の婆娑羅にしちゃあ手ごたえがなさすぎた」

「……ってことは俺らは、婆娑羅でもねえ雑魚にボコボコにされたってのか……!?」

刃夜が「くそっ」と舌打ちする。悔しさの滲《にじ》んだ彼の言葉は、この場にいる全員の心情を代弁したものだった。

「ただの手下相手ですら、これだけの被害が出ちまって……本物の自凝ってヤツは、どんだけ強《つえ》ぇってんだよ……」

生き残った陰陽師たちの間に、沈痛な空気が漂った。本当に自分たちは自凝を倒せるのか。土御門島を救うことができるのか。任務開始時に各々《おのおの》が胸に抱いていた使命感は、不安に呑《の》まれつつあったのである。

そんな空気を払拭《ふっしょく》したのは、清弦のひと言だった。

「相手がどんだけ強かろうが関係ねえ。俺たちが本物の自凝を倒すことができなきゃ、未来はねえんだからなぁ〜〜」

清弦が、「見ろ」と周囲に目を向ける。

「ケガレの軍勢はまだ止まっちゃいねえんだ。俺たちが今考えるべきは、こいつらの親玉をブッ倒すことだけだろうがぁ〜〜」

確かに清弦の言う通り、ケガレの軍勢はいまだ一方向を目指して進軍を続けているようだった。おそらく今頃上層では、この軍勢との戦いが苛烈《かれつ》を極めているだろう。タイムリミットまで、もう僅《わず》かな時間しか残っていない。

士門は眉をひそめた。

「こいつらを止めるためには、本物の自凝を倒さなければならない。だが、もう一度じっくりと呪力を辿るのは難しいかもな……。そのための時間も体力も、今の俺たちにはもう――」

士門が言いかけたところで、「問題ねえよ」と天馬が呟いた。

「本体探しのほうは、手を打ってるからな」

「どういうことだ？」

士門の疑問には答えず、天馬が背後に目を向けた。そのまま「首尾は？」と尋《たず》ねる。

「ちょうど今しがた、判明したところです」

答えたのは外院周助である。

「本物の自凝の居場所ならば、我々の手で突き止めておきました」

「なんだって？」士門は耳を疑った。

「我らとて、ただ援護に徹していただけではありませぬ。皆様が死闘を繰り広げている最中、『魔繰禍眼』の呪力の流れを追っていたのです」

「そ……そうだったのか」

鸕宮家の陰陽師が積極的に攻撃に参加しようとしなかったことには、理由があったのだ。

彼らは彼らで、立派に職責を果たしていた。

外院が「ふふん」と胸を張ってみせる。

「なにせ我々は、天馬ちゃま……いえ、ゲフン。天馬様のサポートをすることこそが、その使命なのですからな」

「んなことはどうでもいい」当の天馬が、素っ気なく部下を睨みつける。「で、自凝はどこにいるんだ。ポニ衛門《えもん》」

ポニ衛門、と呼ばれた外院は、どこか誇らしげな笑みを浮かべていた。あだ名を気に入っているのだろうか。鸕宮家の主従関係は、いまいちよく理解できない。

「自凝がいるのは、深度一四八〇です」外院が言う。

「深度一四八〇……。最近発見されたばかりの新層か……」

清弦が眉をひそめた。

禍野の深度一五〇〇以下の領域には、士門もまだ足を踏み入れたことはなかった。正確に言えば、士門だけでなく、陰陽連所属の全陰陽師にとっての未踏の地だ。

聞けば陰の気の濃度が強すぎて、調査隊を派遣することすら困難な層だという。婆娑羅からすれば、難攻不落の要塞《ようさい》だというわけだ。自凝がそんな場所にいるというのも、なんだかわかる気がする。

「あの陰の気の強さは尋常《じんじょう》ではありません。たとえ呪胞《じゆほう》を用いても、並みの陰陽師ならば五分と持たぬ場所でしょうな」

「とすれば、まともに戦えるのは十二天将くらいのものか。深度一四八〇に向かうことのできる戦力は、俺と天馬、それに清弦さんの三人だけ……」

士門は思わず、ごくりと喉を鳴らしてしまった。相手は伝説の婆娑羅なのだ。先ほどの胴着姿のケガレよりも、格段に強力な相手であることは間違いない。

いかに十二天将とはいえ、たった三名の戦力で勝利を収めることができるのだろうか。しかもそのうちのひとりは、纏神呪《きりふだ》を使いこなせないのである。不安が胸に広がるのを、否定することはできなかった。

しかし清弦は、やはりというべきか、物怖《ものお》じするような素振りなど見せていない。

「十二天将《おれたち》だけでやるしかなさそうだなぁ～」と呟いている。

「どのみち他の連中はどいつもこいつも満身創痍だからなぁ～。そもそも戦力にはならねぇ～」

「清弦さんっ……!!　そ……そんなことは……」

「強がんじゃねぇ〜〜刃夜。お前ならわかるはずだ……手負いを抱えて戦って勝てるほど、甘い敵じゃねぇ〜〜」

「うぅ……！」

血気盛んな天若陰陽師たちも、清弦の言葉に異を唱える者はいないようだった。六時間に及ぶ連戦と、先ほどの強力なケガレとの戦いで、すっかり疲弊しているせいもあるのだろう。

外院周助が、「もし」と清弦に呼びかける。

「怪我人の治療は我々にお任せを。十二天将の皆様は後顧《こうこ》の憂《うれ》いなく、一四八〇へとお急ぎいただきたい」

「ああ、頼む」清弦が頷いた。

「つうか三人も必要かぁ？」天馬はどこか不満顔である。「俺ひとりで十分だろ。トリ丸なんざ、連れていったところで無駄死にするだけじゃねぇのか？」

「どうなんだぁ士門ぉ〜〜ん」

「……行きます……!!」

「……」

「仲間の無念を晴らす。自凝は必ず、俺がこの手で祓ってみせる。これは俺の……死んだ仲間たちへの誓いだ」

自分は守るべき者たちのために戦う。自分を信じてくれたひとの想いに応えるために。

士門は清弦に向き直り、思う限りの情熱をこめて告げた。

「清弦さん、俺も行きます」

清弦はじっと、士門の目を見つめていた。士門の中に燃えるなにかを見出そうとするような、真剣な眼差しだった。

士門もまた、まっすぐに清弦の目を見返す。

ややあって清弦は、おもむろに口を開いた。

「来い、士門」

士門が「はい！」と頷いた。

天馬は、「死んでも知らねえぞ」と肩を竦める。

第《だい》三章《しょう》

深度一四八〇の禍野《まがの》は、静寂の支配する世界だった。

草も木も、ケガレの姿すらほとんどない。あるのはただ透き通るように真っ白な、不思議な見た目の岩々のみだ。地平線の彼方《かなた》まで、無機質な白い岩石地帯が広がっていた。他の層にあるような人工物めいた瓦礫《がれき》や廃墟《はいきょ》の類《たぐい》も、この層では一切見られない。士門《しもん》には、なぜかそれがとても不気味なことに思えた。人間の死後の世界とは、案外こういうものなのかもしれない。

「……空気が重いな」

深度一四八〇に充満する〝陰《いん》〟の気の凶悪さは、士門の想像を絶するものだった。

空気自体が、まるで意思を持っているかのように肺の中を蝕《むしば》んでくるのだ。少し気を抜いただけで、胃の中のものを全てぶちまけたくなるような衝動にかられてしまう。

外院周助《げいいんしゆうすけ》の言っていた通り、並みの陰陽師《おんみようじ》に耐えられるものではない。士門でさえほぼ最大出力で呪胞《じゆほう》を用いていなければ、まともに行動することさえ困難なのである。

「もってあと三十分ほどか」

士門は現在のスタミナと呪力《じゅりょく》の残量から、行動可能時間を概算《がいさん》する。それは伝説の婆娑《バサ》羅《ラ》を相手にするには、心もとない数字だった。

「ちょうど、上層の結界が持ちこたえられる時間と同じくらいだな」

「どっちみち俺たちが失敗すりゃあ、全部終わりなんだ。わかりやすくていいじゃねえか。んん？」

不敵に笑う鸕宮天馬《うのみやてんま》は、まったくプレッシャーを感じていない様子だった。

と、清弦《せいげん》がおもむろに口を開いた。

「本体が見つかるかどうかについては心配する必要はなさそうだなぁ〜」

「え？」

清弦が「あれを見ろ」と前方を指した。

清弦の視線の先にいたのは、小柄な老人だった。老人が岩の上に、ちょこん、と腰を下ろしている。

顎《あご》に白い髭《ひげ》をたっぷりとたくわえた、枯れ木のような体軀《たいく》の老人だった。

士門は一瞬、現《ウツツ》から迷いこんでしまった遭難者を発見したのではないかとも思ってしまった。だがそんなはずはない。ここは深度一四八〇。発見されたばかりの新層なのである。そもそも、これだけ濃い〝陰〟の気の中で、平静を保っていられる一般人などいないだろう。

よくよく見れば、その老人の見た目も普通ではなかった。

身につけているのは古風な陣羽織。大きな軍扇《ぐんせん》を杖《つえ》代わりに突き、じっとこちらを睨《にら》みつけている。まるで戦国時代、合戦にでも赴《おもむ》くような、時代錯誤《さくご》な身なりである。

「あいつが自凝《おのごろ》……ですか」

士門の呟《つぶや》きに、清弦が「だろうなぁ〜〜」と頷《うなず》く。

すでに清弦は、白蓮虎砲《びゃくれんこほう》の装着を終えていた。老人の見た目に惑わされることなく、いつでも戦闘に入れる準備は完了しているようだ。

一方、天馬は「面白《おもしれ》ぇ」と口元を歪《ゆが》めていた。

「枯れたジジイの見た目をしちゃあいるが、身に纏《まと》う呪力の量は半端じゃねえ。さっきの自爆野郎とは比べもんにならねえな。んん？」

士門にも、その異様な量の呪力を感じることはできた。強烈な呪力の波が老人を包んでいる。それは目に見えぬ壁として、近づく者を阻《はば》んでいるようだった。

自凝までの距離は、およそ五十メートル程度。こうして遠巻きに見ているだけでも、心臓が握り潰されそうなほどの圧迫感を覚える。

「なんだ、この強いプレッシャーは……！」

果たして自分は、あの老人に勝てるのか。いや、それ以前に、あの場所まで辿《たど》りつくことができるのだろうか——士門はつい、後ろ向きの思考になってしまっている自分に気がついた。

これも、あの老人の力だというのだろうか。

「ヤツに呑《の》まれるんじゃねえ〜〜」清弦が告げる。「俺たちが恐怖を覚えれば覚えるほど、ヤツは力を増す……！」

「そうだ……。有馬《ありま》様も言っていました。自凝は、恐怖を喰《く》う婆娑羅だと」

「ここから先の戦いは、己《おのれ》の心が勝敗を決すると思え〜〜！」

「己の心が、勝敗を決する……」

士門はぎゅっと、拳《こぶし》を握りしめる。

羽田《はねだ》は最期に、士門に告げたのだ。「士門坊っちゃまは、とてもお強いお方だ」と。

あの言葉を裏切るわけにはいかない。自分が真に羽田の信じた人間ならば、自凝にだって恐れず立ち向かえるはずだ。相手がいかに強大だろうと、屈するわけにはいかない。

士門はそう信じて、ホルダーから霊符《れいふ》を抜き出した。

「天翔顕符《てんしょうげんぷ》、朱染雀羽《しゅぜんざつぱ》！　急急如律令《きゅうきゅうにょりつりょう》！」

士門が決意をこめて〝朱雀《すざく》〟の羽を背負う。その名に未来を託した、故人の期待と共に。

視線の先の老人が、ゆっくりと腰を上げた。金色の鋭い瞳が、しげしげとこちらを見定めている。

「――来たか」

「貴様、自凝だな」

士門の問いに、老人は「左様」と答える。

「うぬらの戦いぶりは、配下どもの〝目〟を通して見ておった……。そう……儂《わし》がうぬらが探しておる自凝だ……!!」

「貴様を祓《はら》い、ケガレの群れを止める。それが俺たちの役目だ」

「ふむ、そうか……。わざわざご苦労だったな」

「何だと……？」

「儂に食われるために、わざわざこんなところまで来てくれたというのだからな」

自凝がにっと唇の端をつり上げた瞬間、それは起こった。

「なっ……!?」士門は目を見張った。

天馬が突然、背後に大きく仰《の》け反《ぞ》ったのである。

いったい何をされたというのか。その華奢《きやしや》な身体《からだ》は、そのまま突風にでも煽《あお》られたかのように、遥《はる》か後方へと吹っ飛ばされてしまったのだ。

「どうした!? 天馬!?」

吹っ飛ばされた天馬は地面をごろごろと数回転がったところで、ようやく動きを止める。だが、すぐに起き上がる気配は見られない。

士門は眼前で起こったことがまるで信じられなかった。十二天将《じゆうにてんしよう》最強の〝貴人《きじん》〟、鸕宮天馬が不意打ちを受けて倒される姿など、これまで一度も目にしたことはない。

自凝が、「ううむ」と残念そうに首を振る。

「脆《もろ》いものよ。少し風を吹かせただけで、この体たらくとは。これならまだ二百年前の陰陽師らのほうが、骨があったかもしれぬ」

自凝が手の中で、軍扇の持ち手を弄《もてあそ》ぶ。どうやらあの軍扇が、天馬を一撃で昏倒《こんとう》させた術の正体らしい。風かなにかを操る道具なのだろうか。

自凝が己の髭を撫《な》で回しつつ、続ける。

「ここまで来ることのできる陰陽師ならあるいは……と思ったが、期待外れだったか。うぬらならさぞかし、よい栄養になると思ったのだが」

「栄養だぁ〜〜？」清弦が眉をひそめる。

「うぬらの呪力《きようふ》は全て、儂の糧《かて》となる。儂が最強に返り咲くための糧にな」

自凝が陣羽織の前を開け、腹を露出させる。その皺《しわ》だらけの腹には、一筋の刀傷が刻まれていた。九字法印《ドーマン》を斜めに横断するように、深々と斬られた痕《あと》が見える。

「二百年前の古傷だ。これがために、儂は力のほとんどを封じられておる」

「貴様の目的は、呪力を集め、力を取り戻すことだというわけか」

「左様……。さすれば、目障《めざわ》りな若造……無悪《さかなし》どもに、大きな顔をされることもなくなる。恐怖の代名詞となるべき婆娑羅は、儂ひとりで十分だからな」

自凝が、腹の古傷をさすった。

この婆娑羅は、千年の昔から陰陽師と戦い続けているのだ。傷ついては逃れ、傷を癒《いや》し、再び人間の前に姿を現す。おそらくそれを、幾度となく繰り返してきたに違いない。

その目的は、最強の婆娑羅であり続けること。

そして、恐怖の対象として君臨し続けること。

その単純にして強烈な願いが、この婆娑羅を千年もの間生き長らえさせているのだ。

「力を取り戻し、島を破壊する。そして陰陽師どもの恐怖そのものとして君臨する……。それこそ、儂の目指すところよ。この島の民が恐怖を感じれば感じるほど、儂は盤石《ばんじやく》の力を得ることができるのだからな」

「邪神として崇《あが》められたいというわけか」

「好きに思えばよい」自凝が言い捨てる。「先ほどの上層での戦いの折、うぬらの仲間も、死の間際にそれなりの呪力《きようふ》を弾《はじ》けさせたようだが……あれでは足りぬ。あの程度の有象無《うぞうむ》象《ぞう》どもの恐怖をいくら喰らったところで、儂の傷を完全に癒すことはできぬ」

「有象無象……だと……！」

「古傷にはやはり、十二天将の呪力がもっとも効くのだ。他の平凡な連中の呪力など、儂にとっては些末《さまつ》な添え物……掃いて捨てるほどある塵芥《ちりあくた》のようなものだからな」

塵芥――。その単語を聞いた瞬間、士門の身体の中で熱いなにかが沸騰《ふつとう》し始める。

羽田も他の陰陽師たちも、最期まで立派だった。誇《ほこ》りを持ってケガレとの戦いに臨《のぞ》み、仲間たちが築く未来を信じ、斃《たお》れたのだ。決して、こんな婆娑羅の贄《にえ》となるために、命を散らせたわけではない。

士門は自凝をまっすぐに見据《みす》え、言い放った。

「貴様は……必ず俺が倒す……!!」

自凝は「ふむ」と興味深げに頷いた。

「良い。その気迫は実に良い。その猛《たけ》き心が恐怖へと変わるとき、儂にとっての最高の美酒となるのだからな」

「ほざけっっ!!」

印を結ぼうとした士門を見て、自凝が一歩前に踏み出した。

なにかを仕掛けてくるつもりだろうか。士門は自凝を迎撃すべく、素早く印を結んで空中に飛び上がったのだが、

「いない……!?」

自凝は一瞬の隙《すき》をつき、士門の視界から姿を消していた。

おかしい。ついさっきまで自凝は、正面の岩の前に立っていたはずなのに。

いったいヤツはどこへ消えた――士門が周囲を見回していると、すぐ背後から、しわがれた声が聞こえてきた。

「遅い」

「なっ――」

次の瞬間、士門の後頭部に激しい痛みが走っていた。脳味噌《のうみそ》ごと揺すぶられるような衝撃を味わい、視界がぐにゃりと歪んだ。

いつの間に死角に回りこまれてしまったのか。士門は自凝の軍扇で強打されてしまったようだ。

衝撃で降天迦楼羅《ごうてんかるら》の制御を失い、真下へと落下する。

「ぐっ……!」

顔面から地面に激突したせいで、士門の目の前で火花が散る。あらかじめ鎧包業羅《がいほうごうら》で防御力を強化していなければ、気を失っていたかもしれない。

士門は「くそっ!」と舌打ちし、すぐに立ち上がる。

自凝の身のこなしは、士門の知覚を完全に凌駕《りょうが》していた。先に戦った婆娑羅くずれのケガレなど、足下にも及ばぬスピードの持ち主である。

外見など、婆娑羅の力を判断するにはなんの意味もないということか。

「オン　ギャロダヤ　ソワカ……」

士門は背中の朱染雀羽《しゅぜんざっぱ》の刃《やいば》を全方位に向け、身構える。

どこだ。自凝はどこにいる。次はどこから攻撃を仕掛けてくる——。

「ここだ」

なんと自凝は、士門の真っ正面に現れていた。

自凝の軍扇の先端が、まっすぐに士門の首元を目がけて突き出される。もう回避は間に合わない。だが、背中の羽根で迎撃しようにも、印を結んでいる時間がない。

万事休す——その瞬間、ガキン、と鈍い金属音が鳴り響いた。

自凝の軍扇が、士門の目前で押しとどめられているのだ。

「それで殺《や》ったつもりかぁ～～？」

清弦だ。白蓮虎砲の爪を横合いから割りこませ、自凝の攻撃を食い止めたのである。

自凝が「ほう」と白い髭を揺らした。

「なかなかの反応……。うぬが当代の〝白虎《びゃっこ》〟か。これは良い栄養になりそうだな」

「誰がてめぇのエサになんざなるかぁ～～！」

清弦はそのまま白蓮虎砲を振り抜き、自凝の軍扇を弾いた。自凝が一瞬、その反動で「むっ!?」と、大きくよろめく。

その隙を見逃す清弦ではなかった。無防備な自凝の胴体に向け、「シイッ！」っと渾身《こんしん》の斬撃《ざんげき》を放ったのである。

「よい殺気だ」

自凝は間一髪で後ろに飛び退《の》き、清弦の爪から逃れた。接近戦は危険と判断したのか、一目散に清弦から距離を取ろうとする。

だが清弦の猛攻は止まらなかった。返す爪で地面の岩の一部を削り取り、それを宙に舞い上がらせたのである。

「み恵《めぐ》みを受けても背《そむ》く敵《あだなえ》は　篭弓羽々矢《かごゆみははや》もてぞ射落とす……」

清弦の呪文《じゅもん》により、宙に浮いた岩石の破片それぞれに呪力が満ちていく。呪力で強化された破片群は、伸ばした清弦の手のひらの上に集合する。

「裂空魔弾《れつくうまだん》！　急急如律令！」

清弦の叫びと共に、前方に向けて破片群が一気に発射された。その様は、まるで追尾する散弾銃《ショットガン》。自凝の逃げ場を防ぐように、放射状に広がっていく。

とっさに腕で防ごうとした自凝だったが、清弦の呪力は自凝の防御を上回っていたらしい。裂空魔弾は自凝の腕を貫通し、陣羽織の肩口を切り裂いた。

自凝の鮮血が、足元の白い岩を赤黒く染める。

自凝が「ほほう」と満足そうに唇を歪めた。「やるものだな。儂に傷をつけるとは」

「まだ終わってねぇよっ!!」

清弦がふと、上空を見上げた。士門もつられて仰ぎ見れば、山のごとき巨大な剣の刃が見える。〝貴人〟の呪装《じゆそう》、貴《き》嫐人機《かくじんき》の刃だ。

巨大剣は有無を言わさず、こちら目がけて一直線に落下してくる。

「ズッシャアアアアアッ!!!!」

そんな天真爛漫《てんしんらんまん》な叫び声と共に、世界が割れんばかりの轟音《ごうおん》が鳴り響いた。貴嫐人機の刃が、禍野の大地を深々と穿《うが》ったのである。

「むっっ!!」

士門はとっさに印を刻み、空中に逃れていた。

下を見れば清弦も、離れた岩山の上に脱出していたようだ。「派手な野郎だなぁ～～」

と眉間《みけん》に皺を寄せている。

巨大剣の柄《つか》の部分に目を向ければ、不機嫌そうに顔を歪める華奢な少年の姿があった。

誰あろう、鸕宮天馬である。

「無事だったのか天馬っ……!?」

天馬は「はっ」と鼻を鳴らす。

「俺が簡単にくたばるわけねえだろ?」

おそらく、不意打ちを受けた瞬間に防御の呪《しゅ》を展開したのだろう。なにせ天馬は、ほぼ本能的に無詠唱《ノータイム》で術を発動させられるのである。攻撃を見てから余裕で対応できるという柔軟性の高さも、天馬が最強たる所以《ゆえん》のひとつだった。

天馬は「まあもっとも」と続ける。

「この程度じゃくたばらねえってのは、そこの婆娑羅も同じだろうがな」

天馬の視線が、前方の岩山のふもとに向けられる。

そこには陣羽織を羽織った老人の姿があった。傷という傷もほとんどなく、余裕たっぷりの表情で天馬を見上げている。

「活《い》きのいい若造だな。前言は撤回させてもらおう。うぬも良い栄養になりそうだ」

「うるせえ。食われるのはてめぇのほうだ」

天馬が「バアンッ!」と両手を叩く。なんとその瞬間、自凝の周囲の地面が隆起し、自凝を飲みこむべく躍《おど》りかかった。

士門にとっては初めて目にする術である。性質上、木火土金水の〝土〟行に属する術だろうことはなんとなくわかる。おそらくはこれも、天馬の即興術《オリジナル》なのだろう。

自凝は隆起した地面を強く蹴《け》り、空中へと飛び上がってきた。まっすぐに天馬を見定め、手にした軍扇を振りかぶる。

「すこぶる愉快だ。十二天将との戦いはこうでなくてはな」

「ったく、ごちゃごちゃとよく喋《しゃべ》るジジイだ！」

天馬が腕をひと振りすると、地面に突き刺さっていた貴煉人機が姿を消した。そして次の刹那《せつな》、貴煉人機は通常サイズの刀剣として、瞬時に天馬の手の中に戻っている。

「バッキイイン！」

自凝の軍扇と、貴煉人機の刃が激突する。その瞬間、天馬と自凝を中心に、空間が揺れ動いた。巨大な呪力同士のぶつかり合いが、激しい衝撃波を生んだのだろう。

思わず士門も体勢を崩しかけてしまった。それでも呪力を巧みにコントロールし、なんとか飛行を続けることに成功する。

伝説の婆娑羅と最強の十二天将。その二者の戦いは、一撃のみでは決しなかった。

天馬の渾身の連撃を、自凝が器用に捌《さば》いていく。その一挙手一投足が非常に素早く、士門は目で追うことすらままならなかった。双方、超音速の攻防を繰り広げている。

目の前の応酬《おうしゅう》は、士門の知るケガレ祓いとは次元の違う戦いだった。士門はただ、呆然《ぼうぜん》と見守ることしかできなかったのである。

「なんて連中だ……！」

自凝と天馬は互いの武器を打ち合いながら、まっすぐに落下する。地面に激突し、派手に土埃《つちぼこり》をあげても、剣戟《けんげき》はとどまる気配を見せなかった。

「さて〝貴人〟の若造よ、いつまで持ちこたえられるかな？」

自凝に答えたのは、清弦だった。

「それはこっちの台詞《せりふ》だぁ〜〜」

無防備な自凝の背を目がけ、清弦が強襲する。天若家《あまわか》一撃必殺の構え「虚空《こくう》・倶利伽羅《くりから》」である。

自凝の死角から飛び出した清弦が、狙いすました一撃を放つ。

しかしその爪は、自凝の身体に触れることすらできなかった。必殺の爪は自凝の直前で、不可視の何かによって止められてしまっていたのである。

「ふむ、これは危なかったな」自凝の片手には、霊符が握られていた。「結界を張らねば、みすみすやられてしまうところだったかもしれん」

清弦は「ちっ」と舌打ちし、霊符を手に呪文を口ずさむ。

「轟腕符《ごうわんふ》……！　砕岩獅子《さいがんしし》、急急如律令！」

「ほう、見かけによらず豪胆《ごうたん》な男だ」

砕岩獅子によって強化された清弦の爪が、結界を叩き壊す。清弦はそのまま、自凝目がけて斬撃を繰り出した。

自凝は清弦の攻撃を躱《かわ》しつつ、さらに横合いから放たれた天馬の刃の一撃を、軍扇で受け止めてみせる。

「器用な真似《まね》をしやがる……！」清弦が眉をひそめた。

最強クラスの十二天将をふたりも同時に相手にしつつ、自凝にはまるで苦戦している気配はない。互角以上の戦いをみせているのだ。

強すぎる――。士門は戦慄《せんりつ》を覚えた。これが婆娑羅、これが自凝だというのか。

この自凝が、これまで士門が戦ったどのケガレよりも強力な存在であることは疑いがない。士門の想定を遥かに超えた強さの持ち主であった。

清弦、天馬の攻撃を同時に捌きつつ、自凝が呟く。

「……あと十分といったところか」

「んん？」天馬が眉をひそめる。

「儂の傷が癒《い》え、完全な力を取り戻すまでの時間が、だ」

「まだ本気じゃねえって言いてぇのか……？」

「土御門島《つちみかどじま》の人間どもの恐怖、上層で戦う陰陽師どもの恐怖、そしてうぬらの恐怖……『魔繰禍眼《まぐるまがつめ》』を通じ、それら全てが儂の身体に流れこんでいる。あともう少し呪力が溜まれば、儂も全力でお相手できるだろう」

天馬が貴嫐人機を振るいながら「へえ」と相づちを打つ。

「そうなる前にブッ潰してやるよっ!!」

「ふむ、実に良い。うぬの強烈な敵愾心《てきがいしん》、さぞかし素晴らしい恐怖の苗床《なえどこ》となるだろう」

自凝は高笑いを浮かべながら、清弦と天馬の猛攻を受け止めていた。

士門が見る限り、清弦と天馬のふたりがかりで、ようやく自凝と五分の戦いになっている。これ以上自凝が力を取り戻してしまえば、その均衡《きんこう》は容易《たやす》く崩れてしまうだろう。

「ならば――」

そうなる前に、自分がやるしかない。士門は朱染雀羽の翼《つばさ》を広げ、その羽根の一枚一枚に呪力の充塡《じゅうてん》を開始する。印を刻んで呪文を紡《つむ》げば、大技・赤鶺無限屛風《せきていむげんびょうぶ》の発動である。

「清弦さん！　俺も戦いますっっ」

〝朱雀〟の羽根の刃が、自凝を目指して一斉に解き放たれた。宙を切る三十六枚の刃は、そのひとつひとつが士門の意思通りに動く僕《しもべ》である。それらを全て躱しきることは難しい。赤鶺無限屛風を向けられた相手は、三十六人もの手練《てだ》れの剣士を同時に敵に回したも同然なのだ。

「三六〇度からの全方位攻撃！　逃げ場はない！」

自凝に向け、士門が叫ぶ。清弦、天馬だけではなく、そこに三十六枚の羽根の刃による攻撃が加わるのだ。いかに伝説の婆娑羅だろうと、これならばひとたまりもないはず――

士門は手応《てごた》えを確信したのだが、

「ぬるいっ！」

自凝が手にした軍扇を一閃《いっせん》、大きく振るった。瞬間、軍扇の先端から衝撃波が発生する。

衝撃波は強い呪力の塊《かたまり》だったのだろう。朱染雀羽の羽根の刃は、強風にあおられた小枝のごとく弾き飛ばされ、なんと一直線に士門の方向へと向かってくるではないか。

「な……!?」

コントロールを失った羽根の刃は、士門のわき腹と脛《すね》、そして頬《ほお》を切り裂いた。鋭い痛みと共に空中に鮮血が舞い散る。あともう少し位置がずれていたら、士門は自分の放った刃で致命傷を受けていたところだ。

自身最大の大技を呆気《あっけ》なく破られ、士門は愕然《がくぜん》とする。自凝の衝撃波と朱雀の刃、競《せ》り負けた理由は絶対的な呪力量の差だというしかない。

「これが当代の〝朱雀〟か。二百年前に比べれば、小鳥のようなものだな」

自凝の冷たい目が、じっと士門を射竦《いすく》める。

自分と自凝の力の差は、こんなにも大きかったというのか。こんなことで俺は兄さんとの……羽田さんとの約束が守れるのか。

士門はぎゅっと下唇を噛《か》みしめることしかできなかった。そのとき己の心の中を支配していた感情は、紛《まぎ》れもなく「恐怖」だったのだろう。

「おいトリ丸《まる》！　ビビってんじゃねぇっ！」

天馬の指摘に、士門は「はっ」と息を呑《の》む。

しまった――そう自分で気づいたときには、時すでに遅し。視線の先の自凝が、にやりと髭を揺らしていたのである。

「ふむ。うぬの『恐怖』、確かに頂《いただ》いたぞ……！」

自凝の身体が、紫色の光に包まれる。士門から奪った恐怖の感情が、呪力となって自凝の肉体を満たしているのだ。

光が消え、自凝が現れる。その様相は以前とは大きく異なっていた。枯れ木のように細かった身体は隆々とした筋肉質の肉体になり、身につけていた陣羽織も硬質の武者鎧《むしやよろい》に変わっている。髭もすっかりなくなり、肌は皺ひとつないほどに若々しくなっていた。表情も凜々《りり》しく、精悍《せいかん》そのもの。先ほどまでとは打って変わって、全身が活力と精力に満ちあふれている。

自凝の外見は、二十代前半ほどの若武者の姿へと変じていたのだった。

新たに補助用の呪装をホルダーから引き抜きながら、清弦が眉をひそめる。

「まさか、若返るとはな……。それがてめぇの本来の姿ってわけかぁ～～？」

もちろん、変わったのは見た目だけではない。呪力の量までもが段違いに強化されてしまっているようだ。こうして相対しているだけで、肌がチリチリと焼かれそうなほどの熱量を感じるのである。

士門が「くっ」と歯嚙《はが》みする。

恐れを抱いてはならないと、肝《きも》に銘《めい》じていたはずなのに……。こんな事態を招いたのは、間違いなく自分の心の弱さのせいだ。

悔恨する士門の姿が滑稽《こっけい》に映ったのか、自凝は愉悦《ゆえつ》の表情を浮かべていた。

「流石《さすが》は十二天将の呪力《きょうふ》だな。背負うものが大きければ大きいほど、それを失った時の恐怖も膨れ上がる……おかげで儂の呪力も、一気に八割程度まで回復したようだ。礼を言うぞ、〝朱雀〟の若造よ」

「ならばその奪われた呪力、俺が削り取ってやるっ……！」

士門は再び羽根の刃を操るべく、呪文を紡ぎ始める。

しかし今度は、術を行使することすらかなわなかった。士門が印を結ぼうとしたその刹那、潰されるような強い痛みが腹部に走ったのである。

いったい何をされたのか、わからなかった。どうやら自分が自凝の蹴りを食らったらしいと気がついたときには、士門はすでに後方へと吹っ飛ばされている最中だった。

「ぐっ……！　さらに……疾《はや》く……!?」

なすすべもなく地面に叩きつけられ、士門は「ぐふっ」と大量の血を吐き出した。内臓が損傷したようだ。立ち上がることもままならない。

遠目に清弦が「ちっ」と舌打ちするのが見える。

「恐怖を喰うってのは、伊達《だて》じゃねえみてえだなあ〜〜。こっちに残された時間もほとんどねぇ〜〜……」

「下がっとけトリ丸！　てめぇには無理だ！」

清弦と天馬が再び自凝に向き直り、戦闘を開始した。

先ほどの変身に伴《ともな》い、自凝の体さばきはさらに鋭いものになっている。清弦と天馬が同時に相手をしても、押さえこむので精一杯という状況である。

「俺がなんとかしないと……だが、いったいどうすれば……」

士門は自身に治癒《ちゆ》の呪を施《ほどこ》しながら、冷静に状況を分析する。

悔しいが、朱雀の羽根の攻撃は自凝に通用しない。最大の大技・赤鶺無限屏風が無効化された時点で、それは明らかだった。

では近接戦闘に切り替えるべきか。いや、それこそ論外だろう。

朱染雀羽は遠距離戦に焦点を当てた呪装なのだ。空中近接戦闘《ドッグファイト》では攻撃と防御を同時に行うことは想定されていない。

近距離戦闘を得意とする〝白虎〟や、射程《レンジ》を気にせず戦える万能型の〝貴人〟と比べれば、近接戦闘能力はやはり一段劣ってしまう。

ここで士門が無理をして自凝に斬りかかってみたところで、清弦や天馬の行動を妨害するだけだろう。それこそ前に天馬に言われたとおり『足手まとい』にしかならない。

「今の自分では無理……。ならば、自分以上の力を発揮するしかないっ……!!」

士門は腰のホルダーから、一枚の霊符を取り出した。

朱雀明鏡符《すざくめいきょうふ》。纏神呪《まといかじり》を発動するための切り札である。

これまでろくに成功したことのない切り札だが、もうこれを成功させるしか道はない。

己の力が自凝に通じない以上、式神《しきがみ》・朱雀の力に全てを賭《か》けるしかないのである。

大きく息を吸い、士門は強く念じる。

「力を貸してくれ、朱雀……! 自凝を倒すために……この島を救うために、どうしても今、お前の力が必要なんだ!」

呪文を唱え、霊符に呪力を通す。士門は一縷《いちる》の望みをこめ、朱雀明鏡符を高く掲げた。

「朱雀明鏡符! 朱染雀羽・纏神呪!」

しかし、霊符は何の反応も示さなかった。士門の身体も一向に呪装の形態に変じる気配はない。通常の状態のままである。

士門が何度呪文を唱えても、結果は同じだった。

「これは……どういうことなんだ……!?」

普段ならば最低でも、数秒程度は纏神呪の状態に移行できるはずだった。なのに今は、それすらできなくなってしまっている。

「頼む朱雀！　今ここで俺がやらなければ、清弦さんたちが……島のみんなが危ないんだ！　だから力を貸してくれ！」

朱雀はなにも応えなかった。霊符の反応もまったくない。まるで士門を見放したかのように、沈黙を保っているのだった。

「なぜだ……！　どうして――」

士門が頭を抱えたそのとき、

「おい、トリ丸！　ぼさっとしてんじゃねえ！」

突然、天馬に横合いから蹴りを入れられ、士門は地面に倒れこんでしまう。

「ぐっ……！　……天馬!?」――天馬に怒声を浴びせようとしたところで、士門は言葉を失った。気づけば自凝の太い腕が、天馬の華奢な首筋をつかみあげていたのである。

自凝が「ふむ」と鼻を鳴らす。

「まずは〝朱雀〟を仕留めるつもりだったが、〝貴人〟のほうになってしまったか……まあ、これはこれでよかろう」

自凝が接近していたことに、士門は気づいていなかった。天馬に蹴りを入れられていなければ、自凝につかまれていたのは士門のほうだっただろう。

よりによって、天馬に救われてしまうとは。不覚にもほどがある。

しかし、後悔してもどうしようもないことだった。天馬は士門の身代わりに、危機的状況に陥《おちい》っているのである。

天馬は苦しげに「ぐっ……」とうめいた。

「このまま首の骨でも、へし折るつもりか……？　んん？」

「そんなことはせぬ」自凝の金の瞳が、妖《あや》しく輝き始めた。「じゃが、縊《くび》り殺されたほうがマシだったと思えるくらいには、恐ろしい目に遭《あ》ってもらうがのう」

「恐ろしい目……だと」

「そうじゃ。儂の〝魔繰禍眼《まぐるまがつめ》〟に、うぬの恐怖を捧げよ……！」

自凝の眼が紫色の光を放った瞬間、天馬が「ぐうっ！」とうめいたかと思うと身動きを止めた。

それ以降、天馬は抵抗するそぶりすら見せなくなってしまっている。いったい自凝に何をされたというのか。

「カカカ……終わりだ」

自凝の手がゆっくりと解かれ、天馬は地に膝《ひざ》をついた。

しかし解放されたというのに、天馬はまったく動こうとしない。背中を弓なりに仰け反らせたまま、虚《うつ》ろな瞳で天を仰いでいる。

「おい！　天馬！　どうした！　しっかりしろ！」

士門が声をかけても、天馬が返事をすることはなかった。

※

「なんだよ、こりゃあ……」

鸕宮天馬は、自分を取り巻いている風景に目を疑った。

自分は今、四畳半ほどの小さな板の間にいる。

楕円《だえん》型の染みのある天井。壁にかけられた、少しひび割れたランプ。手すりの壊れた下り階段。壁の小さな窓の隙間からは、薄い月明かりが入りこんでいる。

間違いない。ここは鸕宮家の敷地内にある古い倉の中だ。その二階の、狭い屋根裏部屋である。

幼い頃、ここは天馬がもっとも気に入っていた場所だった。教育係から課せられる修行から逃れて、よくここに隠れてひとりで遊んでいたのである。

このかび臭いにおいも、天井の隅《すみ》の大きな蜘蛛《くも》の巣の形も、全ては思い出のとおりだ。

天馬は「んん？」と首を傾《かし》げた。

自分はどうしてこんな場所にいるのか。つい数秒前まで、自分は禍野で婆娑羅と戦っていたはずなのに。

「幻術か……」

そのときふと、階段の先から「ひっく、ひっく」としゃくりあげるような声が聞こえてくる。階下に誰かがいるようだ。

「――いやだ……やだよう……」

その声には聞き覚えがあった。天馬よりひとつ年下の鸕宮第三宗家の少女、光《ミツ》である。

「どうして殺し合いなんかしなくちゃならないの……。私、死にたくないよ……！」

「俺だっていやだよ。でもこれが俺たちの定めなんだ。お前も当主候補者に選ばれたんだから」

答えたのは八尋《やひろ》の声だった。八尋もまた、鸕宮家の鸕宮第七宗家の少年のひとりである。

「俺たちが殺し合って、一番強いやつを決める。それで、そいつが次の鸕宮家の当主……〝貴人〟の継承者になる。それが鸕宮家に生まれた者の宿命なんだ。昔から俺たち、そう教えられてきただろ？」

「そんなのわかってるっ……！　わかってるけど……‼」

光はなおも泣き喚《わめ》いていた。

そういえば、と天馬は思い出す。彼女は普段は冷めたような性格をしているのだが、時折、こうして堰《せき》を切ったように感情を爆発させることがあった。

光がああして家族に憤《いきどお》りをぶつけていた姿を、天馬はよく覚えている。

「……ああ、なるほど。これはあの日か」

天馬はふと、彼らの腕に視線を向けた。その手には、禍々《まがまが》しい百足《むかで》の刻印がくっきりと刻まれている。

あの刻印こそ、鸕宮家当主候補者として選ばれた証《あかし》。候補者同士による殺し合い――

「蠱毒《こどく》の儀《ぎ》」への参加を義務づけられたという証拠である。

だが天馬にはこんな集まりを見たという記憶はない。とすれば実際過去にあった光景を見せられているのか、それとも、これ自体が自凝が作り出した幻なのか。

「——殺されたくないなら、殺すしかないだろ」

冷たい言葉が響いた。光の実兄、左馬之助《さまのすけ》だ。

「自分が生き延びようと思うなら、力を示すことだ。鸕宮家の歴代当主は、代々そうやって生き延びてきた強者《つわもの》たちなんだ。必要とあらば、肉親でさえ殺す……。皆、そんな覚悟を有しているからこその『最強』なんだよ」

「そんなこと言われたって、私があんな怪物を殺せるわけないじゃないっ……！」

光は、吠《ほ》えるように反駁《はんばく》した。

「あんな人間離れしたやつになんか、勝てっこないわ！　なんであいつが私の従兄《いとこ》なの……!?　あんなやつ、鸕宮にいなければ……生まれてこなければよかったのに！」

光の言葉に、きょうだいの中で誰ひとり反論する者はなかった。

「ふんっ……こんなもんいまさら見せて何になる!?」

陰で化け物呼ばわりされていたことなど昔から知っていた。

階下で、「そうね」と呟く者がいた。

「確かに光じゃあ、天馬にはぜったい敵わないでしょうね」

鸕宮泉里《せんり》。天馬の実姉にして、候補者たちの中ではもっとも年上の少女である。

「でもそれは、他の誰だって同じよ。私だって左馬之助くんだって、八尋くんだって、天馬と戦って生き延びられるはずがないわ」

「そ……それは……」八尋が言いよどんだ。

「確かにあの天馬に勝つことは……不可能に近い……だろう」

左馬之助の率直な言葉は、階下に沈黙を生んだ。落胆《らくたん》と絶望のせいで、空気が重たくなってしまっている。

静寂を破ったのは、泉里の憤りの声だった。

「そんなの、絶対に許せないっ……！」

「え」光が驚きに目を見開いた。

「これまで私たちが積み上げてきたものはどうなるの!?　したいこと全部我慢して、毎日毎日鸕宮の厳しい修行に耐えてきたのに……！　それが全部パアになるの!?　全部あの化け物に奪われるの!?　そんなの、私は絶対に嫌！」

「でも、私たちじゃあいつには――」

不安げに呟く光に、泉里は「勝つのよ」と返す。

「あんたたちだって、あんな化け物に人生奪われて終わるなんて、ごめんでしょう……!?

だから、勝たなくちゃならないのよ、私たちは!」

「『私たち』ってどういう意味だ、泉里姉?」八尋が尋《たず》ねた。

「決まってるでしょう。『蟲毒の儀』が始まったら、全員であいつを殺すの」

泉里の提案に、候補者たちは息を呑んだ。

候補者全員でひとりを狙い、脱落させる。伝統ある鸕宮の『蟲毒の儀』で、それはあまりにもアンフェアな行為なのではないか――。全員の顔にそう書いてあるようだ。

泉里はそんな従兄妹《いとこ》たちの顔を見回し、続けた。

「袋叩きが卑怯《ひきよう》だと思う? 私はそうは思わないわ。あんな人間離れした才能を持って生まれてきたあいつのほうが、よっぽど卑怯よ」

「い……一理はあるよな」八尋が頷いた。「そもそも、俺たちがそれぞれ天馬を相手に戦ったところで勝ち目はない。俺たちが生き残るためには、どうしたってまず、あいつを殺さなくちゃいけないんだから」

「そう……そうよ。あんな怪物、袋叩きにされて当然なんだ……！」

「そうよ、光。あいつは私たちみんなの敵なの。あんな怪物なんかのために、むざむざ命を捨てる必要はないわ――」

誰よりも優しくて、温かだった泉里姉。家族の中で、一番好きだった泉里姉。そんな泉里姉が、自分を真っ先に殺すべく、他の候補者たちを煽《あお》っていたのだ。

「はっ……なんだこりゃ……くだらねぇ……。なんでいまさら、こんな過去《モン》を見せられる……！」

「――そんなの、あんたの罪深さを再認識させるためでしょう!?」

階下から声が聞こえてきた。再び階段のほうに目を向ければ、泉里がゆっくりと階段を上ってくる姿が見える。

彼女はなぜか、血まみれの狩衣《かりぎぬ》を纏っていた。

眼鏡は赤黒く汚れ、胸元には長刀が突き刺さっている。それは天馬が七年前、彼女の命を奪ったときのものと寸分違《たが》わぬ様相であった。

「泉里……姉……」

「ふふ、いい顔してるわねえ、かわいいかわいい弟ちゃんは……。久しぶりにお姉ちゃん

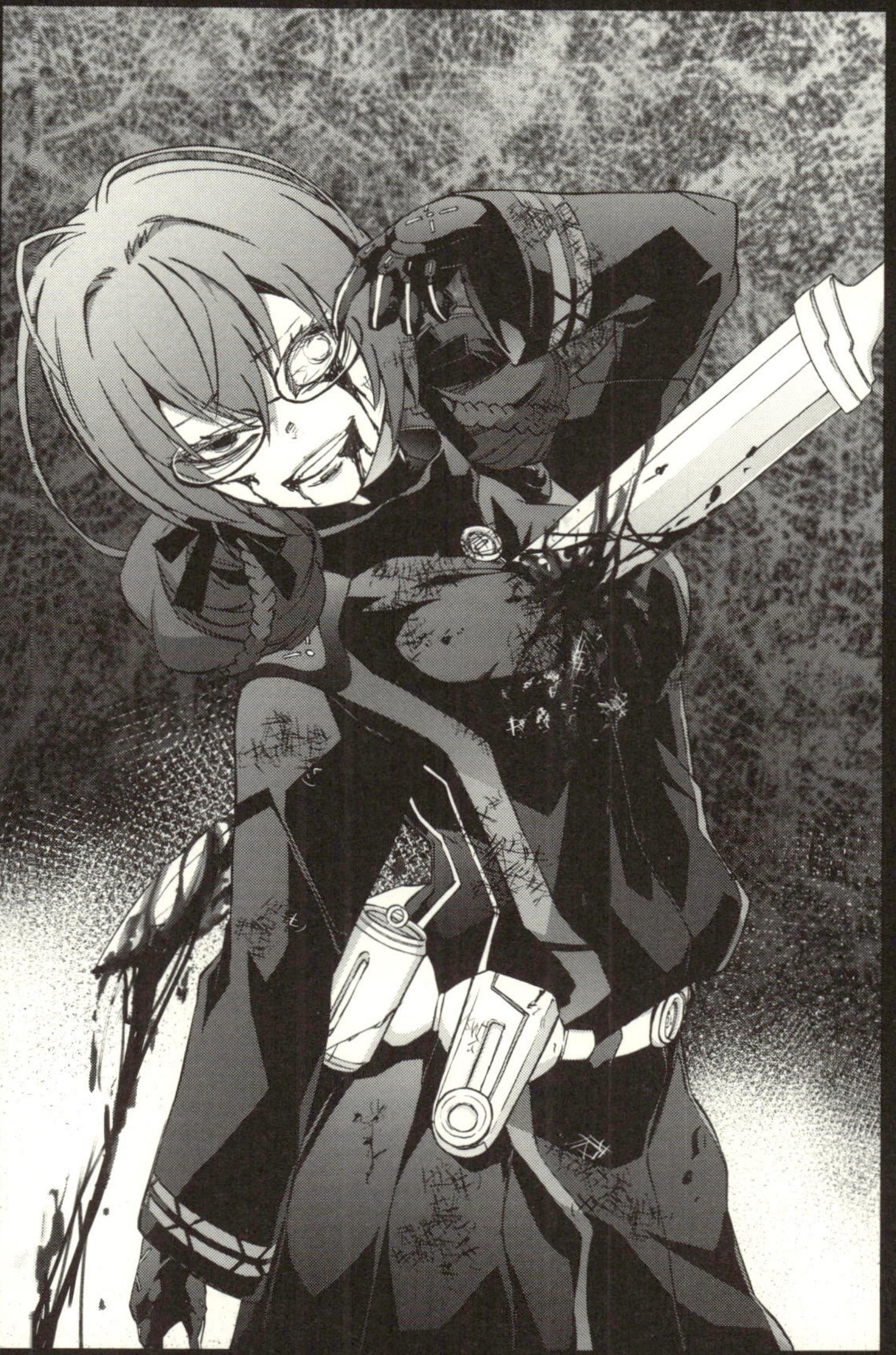

に会えて、そんなに嬉《うれ》しいわけ？」

泉里はくすくすと笑みを浮かべ、天馬の目の前へと近づいてきた。彼女の血塗られた手が、ぬるりと天馬の頬を撫でる。

その生温かい感触は、七年前に感じたものとまったく同じ。このリアルすぎる幻術世界からは、天馬に対する明確な悪意を感じる。

「ずいぶん悪趣味じゃねえか。ひとの心を覗《のぞ》きこむとはよ……」

「そうよ。私はあんたの心の中にいる泉里お姉ちゃん。でも、あんたの感じている恐怖は本物みたいねえ？」

「これが、恐怖……だと？」

「そう。あんたの心の底には、こびりついて取れない恐怖が居座ってるの。孤独という名の恐怖がね」

「孤独が恐怖？　馬鹿《ばか》言うんじゃねえよ」

天馬は鼻を鳴らした。

自分は今まで、孤独に恐怖を感じたことなどなかったはずだ。一人で戦うことが自分の性《しょう》に合っている。そう思って陰陽師を続けてきたのである。

他人などそもそも邪魔なだけ。周りに弱い奴しかいないなら、ひとりで戦うしかない。それが自分の使命だと思っていた。

なぜなら自分は〝貴人〟の継承者。最強の十二天将なのだから。

しかし泉里は「嘘《うそ》ね」と首を振る。

「あんたが他人から距離を置いているのは、孤独が好きだからじゃないでしょう。孤独が怖いからなのよ」

「怖い、だと？」

「信じていたひとたちに裏切られるのが怖いから、予防線を張っているだけ……！　どれだけ恐がりなのかしらね、この『最強』さんは」

「適当なこと言ってんじゃねぇ……！」

「適当じゃないわよ？」

泉里が、どこか愉《たの》しそうに血まみれの顔を歪めた。その指先で、天馬の目元を拭《ぬぐ》う。

「だってあんた、あのとき泣いてたじゃない。あの夜みんなに裏切られたことを知って、ぶるぶる震えていたじゃない」

「……！」

天馬のすぐ傍《そば》には、小さく背を丸めた少年がいた。十歳の頃の自分だ。あの日蟲毒の儀の夜……儀式が始まると同時に全員が自分に襲いかかってきたことや、最後に自分が手をかけた姉が自分を恐怖の対象としか見ていなかったことに衝撃を受け、喉《のど》から漏《も》れる嗚咽《おえつ》を殺してすすり泣いている。

ああ――と天馬は思う。自分はこんなに弱い人間だったのか。

「最強だから孤独？　……ううん、違うわ。あんたはね、〝貴人〟を継承したから孤独になったんじゃないの。その前からずっと、最初から孤独だったのよ！」

天馬は何の反論もできなかった。

きょうだいたちですら、自分を人間扱いしてくれなかったのだ。過去も未来も、永遠にひとりぼっち。誰ひとり、自分を理解してくれる者は現れない。

それでいいと思っていたのに。孤独で在《あ》ることに何も問題はないと思っていたはずなのに――どういうわけか今の天馬は、心の中にぽっかりと空虚な穴が空《あ》いているのを感じてしまう。

それはもしかしたら、あいつのせいかもしれない。

あいつは戦いの中で部下を失ったことに対し、激しい慟哭《どうこく》を見せていた。死んだ部下との間に、それ相応の強い結びつきがあったのだろう。

それが「絆《きずな》」と呼ばれるものであることは知っている。だが、天馬にはその尊さが、どうしても理解できなかった。

そして理解できないということが、天馬の空《むな》しさをさらに助長しているのだ。

「あんたは偉そうに、『自分には誰も必要じゃない』なんて言ってるみたいだけれど――」

天馬の顔を真っ正面から睨みつけ、泉里が続ける。

「そんなあんたのことを必要としてくれる者なんて、この世にいるのかしら。〝貴人〟だとか十二天将だとか、そういう上《うわ》っ面《つら》のあんたのことじゃないわ。鸕宮天馬というあんた自身を、本当に必要としてくれるひとがいるのかって話」

天馬は押し黙るしかなかった。そんなの、いるわけがない。

そんな天馬を見て、泉里は「いないわよねえ」と噴き出す。

「あんたの傍にいる連中も、みんな内心あんたを化け物だって怖がってるわ。それじゃあ、いつ裏切られてもおかしくないわよねえ？」

裏切られても――姉から告げられたその単語に、天馬はびくりと震える。まるで心の中まであの日の夜に立ち戻ってしまっているようだ。

誰かに裏切られるのが、ひどく怖かった。

※

士門は天馬の身体を抱きかかえ、禍野の空に逃れていた。

「どうした天馬！　どうして目を覚まさない！」

腕の中の天馬は、自凝の眼光を浴びて以降、全然動かなくなってしまっていた。ぼそぼそと何かを呟きながら、あらぬ方向を見つめている。

「泉里姉……」

「なにをされたんだ……？」

士門が眼下に目を落とす。

深度一四八〇の岩石地帯には、自凝の威圧的な声がこだましていた。

「ふむ、これはいい。〝貴人〟の若造の呪力《きょうふ》が、儂の全身を巡っているようだ」

自凝の身体は、先ほどよりもさらに強い光に包まれていた。いつの間に天馬の呪力を奪ったのかは定かではないが、自凝が再びパワーアップを果たしたのは間違いないだろう。

その身に纏う呪力が、先ほどとは比べものにならないほどに増加しているのがわかる。

なにせ自凝が一歩歩いただけで、その足下の地面が呪力に耐えきれず、砕け散ってしまうくらいなのだ。

この婆娑羅、いったいどこまで強くなるというのだろうか。

「おかげで、儂は完全に力を取り戻すことができた。これでようやく、全力で戦えるな」

自凝は懐《ふところ》から霊符を取り出し、呪文の詠唱《えいしょう》を始める。

「鬼牙崩天《きがほうてん》!!」

術言《じゆごん》と共に、自凝の手にしていた軍扇が紫色の呪力に包まれ、無骨な鉄塊へと姿を変える。一瞬の後《のち》、自凝の手には、鈍色《にびいろ》に光る大太刀《おおたち》が握られていた。

柄《つか》も含めた長さはおよそ二メートル。目にしただけで心の底の根源的恐怖を呼び起こされるような、禍々しい光を放っている。

「その刀が、てめえの本物の得物《えもの》ってわけかぁ～～」

「さて、うぬらは儂の力にどこまで耐えられるかな?」

自凝が大太刀を振り上げ、片手でぐるぐると振り回してみせる。大太刀から溢《あふ》れる呪力の奔流《ほんりゆう》が、自凝を中心に渦《うず》を作っているようだった。

「気をつけてください、清弦さん！」

「食らうがよいっ……！」

自凝が強く地を蹴り、上空へと飛び上がった。そのまま上段に思いきり大太刀を振り上げ、清弦に狙いを定める。

「――鬼皇天驚刹《きおうてんきょうさつ》っっ!!!!」

自凝はまるで流星のような勢いで、清弦を狙って落下してくる。

しかし清弦はインパクトの直前で、瞬時にその場を飛び退《の》いていた。飛天駿脚《ひてんしゅんきゃく》を使って、間一髪で凌《しの》いだのだ。

自凝の攻撃は空振りし、大太刀が大地に叩きつけられる。激しい轟音と共に、大地には大きな裂け目が出現していた。

飛び散る岩石の破片を腹に受け、清弦が「ぐっ！」と顔をしかめる。

自凝の一撃の威力は、清弦の計算の遥か上をいっていたらしい。直接の打撃は躱したものの、その余波だけでもかなりの衝撃波が発生していたのである。岩石の破片と共に、清弦自身もそのまま数十メートルほど背後に吹っ飛ばされてしまったのだった。

清弦は体勢を整え、自凝を睨みつける。

「とんだ馬鹿力だなぁ〜〜！」

「ほう。この一撃から生き延びてみせるか。それでこそ十二天将だ」

自凝は喜色の笑みを浮かべつつ、さらに清弦に飛びかかる。

「うぬの恐怖、是《ぜ》が非《ひ》でも食らいたくなったぞ」

「ちっ！」

自凝の大太刀を爪で受け止め、清弦が舌打ちする。

さらに自凝は間髪いれず、二撃目、三撃目と大太刀を叩きこんでくる。息もつかせぬ自凝の連撃の前に、清弦は防戦一方に追いこまれた。

先ほどまでは互角に戦っていたはずなのに、形勢は圧倒的に不利になってしまっていた。

若さを取り戻した自凝の力の前では、清弦でさえも相手にならないということなのか。

天馬は糸の切れた人形のように、いまだにぴくりとも動かない。自凝に呪力を奪われたと同時に、生気すらも失ってしまったようだった。

「こんなにも一気に呪力を奪われてしまうなんて……天馬にいったい、何が起こっているんだ!?」

眼下の清弦が、爪を振り回しながら答える。

「瞳術《どうじゅつ》だぁ〜〜！　おそらく糞餓鬼《そいつ》は、頭ん中を操られちまってる……！」

「頭の中を……!?」

「ヤツの目をまともに見るんじゃねぇ〜〜！　呪力《こころ》を食われたくないならなぁ〜〜！」

当の自凝は大太刀で清弦を追い詰めながら、「その通り」と頷いていた。

「よくぞ見抜いた。これこそが、万を超えるケガレをも支配下に置く我が纏死穢《マトイマカルサワリ》〝魔繰禍眼〟の真髄《しんずい》。儂の瞳に囚《とら》われた者は、己《おの》が心の恐怖の世界にいざなわれ、呪力と生命力の全てを食らいつくされることになる」

「そいつは厄介だな……！」

清弦は呟きつつ、一瞬、士門のほうにちらと目を向けた。

「こいつは俺が押さえておく……。その間にてめぇは、糞餓鬼《そいつ》をなんとかしておけぇ〜〜！」

「押さえておくって……清弦さん、ひとりで自凝と戦うつもりですか!?」

「ああん？　何も問題ねぇ〜〜……行けっ!!」

清弦の強い視線を受け、士門ははっと口を閉じた。

士門はこれまでも、清弦がそういう目をしているのを見たことがある。部下たちを護《まも》るために、強大なケガレに立ち向かったとき。家族を護るために、危険な任務に赴いたとき。

清弦の目は、他者を護ることに己の全てを懸けられる、男の目だった。

〝白虎〟の力の源《みなもと》は、他者をいたわり護ることにある。清弦の強さは、まさにそんな白虎のあり方を象徴するようなものだった。己がどれだけ血を流そうとも、護るべき者のために牙を振るう。

清弦の強さは、護るべき者を見定めていることにあるのだ。見定めているからこそ、その者を護るために躊躇《ちゅうちょ》なく最適な行動を取ることができる。

「……わかりました、清弦さん！　必ず天馬を取り戻してみせますっっ!!」

士門は天馬を抱え、近くの小高い岩場の上を目指すことにした。

背後からは、白蓮虎砲と大太刀が激しくぶつかり合う音が聞こえてくる。それが士門には頼もしく感じられた。

※

「――あんたは罪人よ。島のみんなだって、それをよくわかってる。表向きはあんたを

『最強』って褒《ほ》め称《たた》えているけれど、陰では『人殺し』だって後ろ指を指してるわ」

天馬を見下ろすようにして、泉里は呪詛《じゅそ》を吐き続けていた。

「あんたの『最強』に意味なんてある？　〝貴人〟を継承して……何かひとつでも幸せ《いいこと》があった？　なかったわよねぇ～～……？」

「…………」

泉里の問いかけに、天馬はやはり何も答えなかった。

そもそも、答える必要がなかったのだ。泉里の言葉は己の深層意識が生み出しているものなのである。彼女が投げかけた疑問は、自分が長年抱き続けてきたものとまったく同じだったからだ。

「だったらあんた、ずっとここにいなさいよ」

「ここに……？」

「目が覚めたとしても、あんたはずっと周囲から蔑《さげす》まれるだけ。怪物だの化け物だの、徹底的に怖がられる。称賛されるのは、〝最強〟という名の薄っっっっっっっぺらい仮初《かりそ》めの肩書きだけ。戻っても待ってるのは、あんたがあんたである必要がない孤独な現《世界》。だったら命も呪力も陰陽師の使命も全部捨てて、このまま消えちゃえばいいの」

「このまま、消える……か」

「そうすればあらゆる孤独から解放される。信じて裏切られることも傷つくこともなくなるわ」

天馬は、泉里の言葉を否定することができなかった。心のどこかで、それを受け入れようとすらしていたのかもしれない。

〝声〟が聞こえたのは、そのときだった。


——目を覚ませ、鸕宮天馬……！　お前の力が必要なんだ!!

※

士門は天馬の身体を岩場の上に横たえ、必死に解呪《かいじゅ》の呪《しゅ》を施していた。

「如医《によい》善方便《ぜんほうべん》　為治《いじ》狂子《おうじ》故《こ》　顚狂荒乱《てんおうこうらん》　作大正念《さくだいしょうねん》　妙法蓮華経《みょうほうれんげきょう》……」

すでに悪夢祓いの術を三、四種類ほど試しているのだが、一向に効果は現れなかった。

自凝の〝魔繰禍眼〟なる術が、それほど強力だということなのだろうか。

このまま手をこまねいていては、天馬の呪力も生命力も、全て自凝に喰い尽くされてしまう。だが、絶対にそんな事態に陥るわけにはいかなかった。

そもそも天馬がこの術に囚われたのも、元はといえば士門を庇《かば》ったせいなのである。

自分の弱さのせいで誰かが死ぬなんて、二度とあってはならない。

「認めるっ……俺は弱い。どうしようもなく弱い。自分の本当の弱さにすら気づいていなかった……」

ずっと強くなりたいと思っていた。

斑鳩《いかるが》家を守るために。十二天将として相応《ふさわ》しくなるために。

自分が強くならなければ、自分が皆を引っ張っていかなければ——士門はそう思いこんでいた。

「十二天将という名の重さにとらわれるあまり、俺は本当に大切なことが欠けてしまっていたんだ……!!」

家名や立場など、言ってしまえばそれは単なる名誉にすぎない。そういう名誉を護るためには、斑鳩士門という個人が強くなるしか道はないだろう。

しかし、人間を護るのならば、ひとりで戦うことに固執する必要はない。むしろ目的達成のために、あらゆる手段を模索するべきなのである。

自分はそのことをはき違えていた。それが斑鳩士門の、本当の弱さだったのだ。

「仲間を信じ、頼ること——俺にはそれが足りていなかったんだっ……!! 俺はこれまで、家名や立場に縛られすぎていた。その結果、自分個人の強さにこだわりすぎていたんだ。すべてを自分ひとりで解決しようとして、誰かを信頼しようとはしなかった。そしてそのことが、真の意味で強くなることの妨げになっていたんだ。お前がたったひとりでケガレを蹴散《けち》らしている姿を見て、俺は思っていた。『他者を蔑《ないがし》ろにする力など認めない』ってな……。だが、それは俺自身にも当てはまる言葉だったんだ。自分で共闘の大切さを説いておきながら、まったくその本質を理解していなかった。羽田さんが……羽田さんがずっと俺に教えてくれていたのにっ……!!」

岩場から遠く、清弦と自凝が激しい格闘戦を繰り広げている姿が見える。

清弦の狩衣はもはや、かなりの部位が損傷し、血まみれになっている。束ねていた後ろ髪も結び目が解け、髪を振り乱して爪を振っていた。

清弦は自凝の注意を己に引きつけるために、限界以上の力を引き出して戦っているのである。

それは白虎の力の真髄。『他者を護る』という信念の表れだ。

清弦があそこまで全力を振り絞れるのも、彼が心の底から士門や天馬を護ろうとしているからなのだろう。士門と天馬が必ず戻ってくると信じているからこそ、力の限りにあの爪を振るい続けることができるのだ。

その背中は士門に、本当の強さを教えてくれたのだった。

「清弦さんを救わなくちゃならない。自凝を倒して恵治《けいじ》兄さんやちい子《こ》……島の皆を護らねばならないっ……でも……でもそれは俺ひとりではできないんだ!!!」

今の自分の力では、自凝に通用しない。その事実は受け入れなければならないだろう。できもしない纏神呪に頼るなど、逃避でしかないのだから。

「目を覚ませ、鸕宮天馬……! お前の強さは、俺が誰より知っている! 今の俺にはお前の力が必要なんだっっ!!!!」

※

天馬にとってそれは、十年以上も昔から聞きなれた声だった。

初等学舎で顔を合わせたその日から、飽《あ》きもせずにいつもいつも、自分に突っかかってきたあいつの声。自分とは生き方も考え方もまるで異なるあいつは、天馬にとって「ウザいヤツ」以外の何者でもなかった。

しかしそれがまさか、こんな幻覚の中にまでしゃしゃり出てくるとは思わなかった。あいつは本当に、どれだけ俺にちょっかいを出せば気が済むというのか。

——今の俺にはお前が必要なんだ、鸕宮天馬！　さっさと起きろよ、この野郎っ……！

思わず天馬は、「はっ」と笑みをこぼしてしまう。

泉里は眉をひそめた。

「なにが可笑《おか》しいの」

「悪いな……、泉里姉。どうやら俺は、ここで消えるワケにはいかねぇみたいだ」

天馬が告げると、泉里は「なんですっ……て？」と眉根を寄せた。

「何を強がってるの？　あんたのことは、私が一番よくわかってる。あんたは孤独……。『最強』として周囲に恐れられ、誰にも愛を向けられることのない可哀想《かわいそう》な子なのよ」

「ああ、そうだな。俺を愛するようなヤツなんて、この世のどこにもいやしねえよ」

「だったら――」

「でもな。俺を心底気に入らないと思ってるヤツならいるんだ」

「気に入らない……？」

「毎度毎度、よくわかんねえ理屈でつっかかってくる馬鹿野郎がいる。少なくともそいつは、俺を恐れるようなそぶりは見せねえ……。正直、ウザい以外の感情なんて持ち合わせてねぇが」

天馬が笑うと、泉里は黙りこんだ。天馬に対し、半ば呆《あき》れたような目を向けている。

「だから自分は孤独じゃない……とでも？」

「さぁ……どうかなぁ……」

天馬は泉里をじっと見つめ、ふっと頬を緩めた。

「ただ……その馬鹿に俺には絶対に勝てねぇってわからせねぇ限りは……俺は本当の孤独にはまだなれてねぇからな……だからあんたのところには、まだ行けねえよ……泉里お姉ちゃん……」

「ふうん」泉里はどこかつまらなそうに鼻を鳴らした。「馬鹿だ馬鹿だって言ってるけど、あんたが一番馬鹿よね」

そんな言葉と共に、泉里はその姿を消していた。もう呪力《きょうふ》を喰えないと判断したのだろうか。地面の血だまりも、天馬の周囲の景色も、すべてが泡沫《うたかた》となって消えていく。

「……馬鹿《そん》なこと、自分でもわかってるけどな」

そんな天馬の呟きは、誰の耳にも届かない。ただひっそりと、幻の世界に溶けていくのみだった。

※

士門は解呪の術を中断し、握り拳を固める。小手先の術が効かないのであれば、もっと荒っぽい手段を取るしかない。呪力を直接頭にぶつけて、物理的な衝撃で幻術を打ち破るのだ。

士門は天馬の胸ぐらをつかみ上げ、握り拳に力をこめた。

「いつまでっ……寝てるんだっっ……鸕宮天馬！　さっさと起きろよ、この野郎っ……！」

士門の渾身の右ストレートが、天馬の顔面に炸裂《さくれつ》した。手加減の欠片《かけら》もない一撃は、天馬の首をぐわんと背後に仰け反らせる。

ややあって、天馬の口から「……ってえな」という呟き声が聞こえてきた。どうやら、そんな士門の荒療治が功を奏したらしい。

天馬はようやく意識を取り戻したのか、焦点が合っていなかった瞳は次第に光を取り戻し、士門を見つめている。

「ようやく目覚めたか。お前、気分は――」

容態を尋ねようと口を開いた士門だったが、その前に天馬の拳が士門の顔面にめりこんでいた。士門は「ぐはっ!?」と背後に倒れこんでしまう。

「何をする!」

「てめぇこそ何しやがる! 本気で殴りやがって!」

天馬は血に汚れた口元を拭い、「ぺっ」と血痰《けったん》を地面に吐き出した。その横柄な態度は、まさにいつもの鸕宮天馬だった。

天馬は鷹揚《おうよう》に立ち上がり、周囲を見回す。

「んん? ここは禍野……。戻ってきたってことか」

「ああ。清弦さんが今、ひとりで自凝を食い止めてる」

「クマ野郎が……？」

天馬の視線の先で、清弦の爪と自凝の大太刀が打ち合いを続けていた。しかし戦況は優勢とは言い難い。白蓮虎砲の爪は、完全に自凝に打ち負けてしまっている。

「見てられねえな」

天馬が長刀を手に、そちらへと踏み出した。

その足取りはどこか覚束《おぼつか》ない。瞳術に囚われ、呪力と生命力をごっそりと奪い取られてしまっているせいだろう。

これが士門の部下ならば、数週間は治療に専念しろと言い渡しているところだ。このまますぐ戦場にとって返すなど、本来ならば正気の沙汰《さた》ではない。

だが、この男には今、戦ってもらわねばならないのだ。

「待て、天馬」

士門が声をかけても、天馬は振り向かない。それも想定済みだった。

「無理をするなとは言わない。だが、俺も共に戦う」

「笑えねぇ冗談だな」天馬は足を止めずに応えた。「てめぇみてえな雑魚は邪魔だって、何度言ったらわかるんだ？　んん？」

「だがお前だって今までと同じようには戦えないはずだ！」

「てめぇよりはマシだ。雑魚が戦いに出たところで、無駄に命を散らすだけだ。どんだけ弱っててもそんなヤツを連れてくらいなら、ひとりで戦ったほうがマシなんだよ」

それが一番……誰も傷つかねえ方法なんだよ……——と、天馬は呟いた。それがどこか寂しげな口調に聞こえたのは、士門の気のせいだったのだろうか。

ああ——と士門は納得する。この男も、根本では自分と変わらないのだ。誰かを死なせたくない。そんな思いを抱え、必死にもがいている。たったひとりで戦おうとしている。

ならばなおさらこの男を、ひとりで行かせるわけにはいくまい。

「お前が何と言おうと共に行く」

士門は、歩き去ろうとする天馬の肩を強くつかんだ。

「本気の馬鹿か」天馬が振り向き、士門を睨みつける。「このまま戻ったところで死ぬだけだって自分でもわかってんだろうが」

「俺は死なない……いや、むしろ今までの俺など、いったん死んだほうがいいくらいだ」

「何言ってんだ、トリ丸」

「もう一度俺を殴れ、天馬」

士門は天馬の目を見つめ、強い口調で言い放った。

天馬の鋭い視線が、士門を見つめ返す。それだけで相手を射殺すような、強い眼差《まなざ》しだ。

しかし士門は視線を揺るがすことはしなかった。ぶれることなく、まっすぐに天馬を凝視する。天馬に自分を殴らせる——それが士門にとって、どうしても必要なことだったからだ。

天馬も士門の表情が変わらないのを見て、士門が意地でも引き下がろうとしないのがわかったのだろう。「ちっ」と舌打ちをする。

天馬は「気絶すんじゃねえぞ」と握り拳を固める。そのまま強く地面を踏みこみ、右拳を容赦《ようしゃ》なく振り抜いた。

「……そらぁっ！」

士門の顔面に、鋭い拳が叩きこまれた。さすが天馬というべきか、こちらの鼻の骨が折れるのではないかと思うほどの思いきりのよさだ。

たまらず士門は仰向けに倒れた。地面に後頭部を強打し「げほっ」と咳《せ》きこんでしまう。

羽田が今際《いまわ》の際に遺《のこ》した言葉が、士門の胸に蘇《よみがえ》っていた。「おひとりですべてを抱えこまないで」と。

思えば羽田は最初から、士門が「強さ」をはき違えて捉《とら》えていたことに気がついていたのだろう。だから事あるごとに、士門に他者の力を借りることの大切さを説いていたのである。

他者を信じることすらせず、自分がいまだ手にしていない力――纏神呪をあてにして戦おうとするなど、愚《ぐ》の骨頂《こっちょう》である。こんな心構えでは、羽田が信じた最高の陰陽師になどなれるわけがない。

「これでいい……。これで弱い俺は死んだ」

天を仰ぎながら、士門は呟く。

腰のホルダーが、急に熱を帯び始めた。燃えるように熱く輝いているのは、一枚の霊符だった。

朱雀明鏡符。纏神呪を行うための切り札が、昂《たかぶ》るような激しい呪力を放ち始めた。

士門はゆっくりと立ち上がり、まっすぐに天馬を見つめた。

「だから……天馬、俺はお前を信じる。お前の力を信じ、共に自凝に立ち向かう。仲間を信じられない者が自分自身を信じることなどできはしない」

天馬が「へえ」と意外そうに唇の端をつり上げた。

「それでてめぇに何ができる？　てめぇにできることなんざ、身代わりか、せいぜい移動用の足くらいだぜ？　んん？」

天馬の挑発じみた物言いに、士門は「望むところだ」と返した。

「それで愛する人たちを護れるのなら、俺はなんだってする」

「はっ……上等じゃねえか」

「なぁ天馬……思えば俺たちは、いつもお互い張り合おうとするばかりで、力を合わせようとしてこなかった」

士門が天馬を見据え、続ける。

「かくいう俺自身も、お前に対し協調性を説いておきながら、その実、心の中ではお前を超えることばかり考えている」

「人のふり見て我がふり直せ、とはまさにこのことだな」天馬が肩を竦めた。

「だからこそだ……今日……たった一度でいい。〝力を合わせる〟という行為をやってみないか？　お前は俺を好きに利用しろ。俺はお前が力を最大限以上に出せる努力をしてみせる」

天馬は呆気にとられたような表情を浮かべている。

「どうだ……？　何か……凄《すご》いことができそうな気がしてこないか？」

天馬は不敵な笑みを浮かべて、「はっ」と鼻を鳴らした。

「まぁ取れる選択肢が他にねぇしな……。それに、クマ野郎や一旦隠居丸《おのごろ》にこれ以上でけぇ顔されるのも癪《しゃく》だ」

天馬に「よし」と頷き、士門は背中の翼を広げた。普段とは比べ物にならない呪力が、翼全体に漲《みなぎ》っているのを感じる。

今の自分なら――天馬とふたりならば、もう恐怖はない。

「行こう――清弦さんが待ってる!!」

第《だい》四章《しょう》

天若清弦《あまわかせいげん》は、身を刻む激痛に耐えていた。

足下を見れば、ぽたぽたと赤い血が垂れている。自凝《おのごろ》の斬撃《ざんげき》によって、左腕と右足が切り裂かれてしまっていたのである。

外傷はもちろんそれだけではなかった。右肩の骨が砕け、肋骨《ろっこつ》が三本ほど折れてしまっている。今はなんとか治癒《ちゆ》の呪《しゅ》で誤魔化《ごまか》しながら戦えているものの、これ以上ダメージを受けるわけにはいかない。今ここで動きを止めれば、確実に致命傷を受けてしまうだろう。

自凝が「ほほう」と愉悦《ゆえつ》の表情を浮かべる。

「儂《わし》の攻撃をここまで耐えるとはな……。賞賛に値するぞ、〝白虎《びゃっこ》〟よ」

相対する自凝は士門《しもん》、天馬《てんま》の呪力《きょうふ》を連続して取りこんだことで、ますます強大な存在になっていた。

特に恐ろしいのは、その速度である。あの若々しい身体《からだ》になったことで、自凝の身のこなしは目にも留まらぬほどとなっている。清弦が全力で飛天駿脚《ひてんしゅんきゃく》を用いても、追いつけないレベルに達しているのだ。

おそらくは敵も、呪力《じゅりょく》による行動速度の強化を行っているのだろう。その出力に違いが生まれているのは、単純に呪力量《エネルギー》の差だ。

まずは相手の動きを止めなければ、一方的に嬲《なぶ》られるだけだろう。イチかバチか、あの手でやってみるしかない。

「だったら……これはどうだぁ～！」

「む？」

清弦が、霊符《れいふ》を手に呪文《じゅもん》を吟《ぎん》ずる。

「南無《なむ》当年星《とうねんじょう》　南無《なむ》本命星《ほんみょうじょう》　南無《なむ》元辰星《がんしんじょう》　南無《なむ》北斗七星《ほくとしちじょう》　諸宿曜等《しょしゅくようどう》　諸災消除遠離《しょさいしょうじょおんり》――」

清弦の「喼急如律令《きゅうきゅうにょりつりょう》！」の言葉と共に、周囲の地中から計六本の鉄鎖《てつさ》が現れた。五行の〝金〟行、束縛の術である。

鉄鎖は束となり、自凝の身体を捕縛するべく襲いかかった。

「止縛法《しばくほう》……！　狡《ずる》い手を使うものだ」

自凝は己《おのれ》に向かってくる鎖から逃れようともしなかった。むしろ鎖と真っ向勝負でもするかのように、平然と仁王立ちで待ち構えている。

「このようなか細い鎖で、儂を止められると思ったか？　軽く引きちぎってくれる……」

自凝は腕を伸ばし、六本の鎖を瞬時にまとめてつかみとってしまう。恐るべき豪胆《ごうたん》さと動体視力の持ち主である。

しかし、自凝のその行動は、すでに清弦には想定済みだった。

「むっ!?」

鎖をつかんだ自凝の腕に、呪印《じゆいん》が浮かび上がった。呪印はまるで発疹《ほつしん》のように、瞬《また》く間に腕から全身に広がり始める。

次の瞬間、自凝は身を捩《よじ》り、「ぐううっ！」と苦痛にうめき声を上げていた。

「これは『呪詛《とこい》』……!?　まさか、鎖に邪法がかかっていたのか！」

呪詛――いわゆる『八《や》つ目《め》の荒籠《あらこ》鎮《しず》めの呪詛』である。対象に手を触れた者に、強力な呪いをかける邪法のひとつだ。

「同時に二種類の呪を行使するとは、やるな……！」

「こんな呪詛程度でてめぇを仕留められるとは思ってねえ……だが一瞬隙《すき》を作ることくらいはできたようだなぁ～～！」

苦しむ自凝を見据《みす》え、清弦は白蓮虎砲《びやくれんこほう》を構えた。間髪いれず、とどめを刺すべく地面を蹴《け》る。

「もらった……！」

清弦の爪が、自凝の胴体を袈裟《けさ》懸けに切り裂いた。手ごたえのある一撃だ。

「素晴らしい……」息も絶え絶えに、自凝が呟《つぶや》いた。「儂を相手にたったひとりで、ここまでよくやった」

「ごちゃごちゃうるせぇ～～！」

「だが……」

「ああ？」

胴体を切り裂かれてもなお、自凝は余裕の表情を崩してはいない。そのことが、清弦にとっては非常に不気味に思えた。

瞬時に危機を察知し、清弦は自凝から距離を取る。

自凝は、「ふっ」と血まみれの唇を歪《ゆが》めた。

「うぬの策謀《さくぼう》と慎重さ、それは裏を返せば、すなわち儂への畏怖《いふ》により生じているもの。こうして相対しているだけで、貴様の呪力《きょうふ》が流れこんでくるのを感じるぞ」

清弦自身、少し前からそのことには気づいていた。自凝と戦っているだけでも、少しずつ身体から呪力が奪われてしまっているのだ。

「うぬに裂かれたこの傷も……それ、この通りだ」

白蓮虎砲によって切り裂かれたはずの胴体の傷が、見る間に塞がっていく。その修復速度たるや、まるで逆再生を見ているようである。先に戦った自凝の配下など、及ぶべくもない。

「どんどん呪力の吸収速度が上がってやがるのか……！」

「上層で戦う儂の配下からも、『魔繰禍眼《まぐるまがつめ》』を通じて呪力が送られてきている。うぬらの同胞らも、かなりの数が恐怖に陥《おちい》ってくれたようだな」

自凝が、「どれ」と大太刀《おおたち》を肩に担《かつ》いだ。

「さて〝白虎〟よ。次はどんな手を見せてくれる？」

自凝が地を蹴り、清弦へと袈裟切りを放つ。それはなんの術でも技でもない、ただの無造作な斬撃だ。しかし、婆娑羅《バサラ》の呪力が十分に乗せられた攻撃の苛烈《かれつ》さは、たとえ単純な一撃であっても侮《あなど》れない。

防御か回避か――一瞬の逡巡《しゅんじゅん》の後に、清弦は回避行動を選択する。即座に脇に横転し、大太刀の攻撃を躱《かわ》したのだ。

　そしてどうやら、その選択は正しかったらしい。勢いよく振り下ろされた大太刀は、清弦の立っていた地面を完全に粉砕してしまったのである。

　あんなのをまともに食らったら、無事で済むはずがない。

「呪装《じゅそう》でガードできるレベルを、遥《はる》かに超えてやがる……！」

「一撃で死んでくれるなよ。うぬの恐怖の声、是非《ぜひ》とも楽しみたいからな」

　自凝はそのまま力任せに、大太刀をぶんぶんと大きく振り回し始めた。大太刀がひと振りされるたびに、周囲の地面や岩石が、派手な音を立てて砕け散っていく。

　清弦にできることといえば、回避行動だけだった。攻撃どころか、防御も不可能なのだ。生き延びるために全力を費《つい》やすしかない。

「どうした、逃げ回るだけか？　それともまた策を弄《ろう》するのか？」

　自凝の振り回す大太刀が、清弦の周囲に次々と巨大な亀裂を生じさせていく。ほんの数秒ほどで、禍野《まがの》の大地は、みるも無惨《むざん》な光景に変わってしまったのだった。

　その力の途方もなさに、清弦が「ちっ」と舌打ちする。

「これが第三位婆娑羅の本当の力だってのか……」

「第三位、か」自凝の眉間《みけん》に、深い皺《しわ》が刻まれる。「それがうぬら、今代《こんだい》の陰陽師どもの認識だったな」

「ん？」

「ならば、早急に示さねばならぬ。儂の力は、無悪《さかなし》など軽く凌駕《りょうが》するものである、ということを」

自凝の大太刀が、出し抜けに虚空を斬った。斬撃は衝撃波となり、付近の岩山の上部を叩き割る。破壊された岩山の一部が、清弦の頭上へと降り注ぐ。

清弦はとっさに白蓮虎砲を振るい、巨岩を切り裂いた。巨岩は瞬時に四つに分割され、清弦の周囲に落下する。

ギリギリで危機を免《まぬが》れた。かと思いきやその刹那《せつな》、清弦を不意の頭痛が襲った。身体がフラつき、視野狭窄《きょうさく》に陥る。

「くそっ、呪力が……！」

数時間にも及ぶケガレとの戦い、そして自凝との死闘を経《へ》て、清弦のスタミナは限界に達しようとしていたのだった。手持ちの霊符も残り一枚。もはや後がない。

「逃げ回るのもお終《しま》いのようだな」

自凝の金色の目が、清弦を見据えた。

ふと清弦の手が、ホルダーの中に最後に残った切り札――白虎明鏡符《びゃっこめいきょうふ》に伸びそうになる。纏神呪《まといかじり》を使えば、あとしばらくの間、敵の攻撃を凌《しの》ぐことくらいはできる。反撃に転ずる余裕はなくとも、数分間の延命ぐらいなら可能だろう。

だが今はダメだ――。清弦は首を振る。自凝を倒すことを考えれば、今はまだ、纏神呪を使うべきではない。

自凝が、おもむろに大太刀を振り上げた。

「さらばだ、今代の〝白虎〟よ……！　うぬの死は、あの若造どもにとってのよい恐怖となるだろう……！」

清弦の周囲は落石に囲まれ、逃げ場は皆無だった。回避用の霊符も、防御用の霊符も底を突いている。あの大太刀が振り下ろされれば、清弦の身体など呆気《あっけ》なく両断されてしまうだろう。

そしてその運命の瞬間は、すぐにやってきた。

「残念だが……てめぇの思い通りにはならねえみてえだなぁ～～！」

自凝が「むうっ!?」と驚愕《きょうがく》の声を上げる。

大太刀が振り下ろされようとしたその瞬間、空中に巨大な刃《やいば》が出現し、それを受け止めていた。〝貴人《きじん》〟の呪装である巨大剣、貴赫人機《きかくじんき》の刃である。

さらに上空を見上げれば、金色の翼《つばさ》を背負った少年がいた。

「遅くなりました、清弦さん！」

斑鳩《いかるが》士門である。そして、彼に腕をつかまれて顔をしかめているのは、鸕宮《うのみや》天馬だった。

どうやら天馬は、瞳術《どうじゅつ》の呪縛《じゅばく》を無事に逃れたらしい。

なにがあったのか、双方とも顔面に殴打の痕《あと》がある。しかしその顔つき自体は、明らかについさっきまでとは異なるものだった。

清弦は「待たせやがって……」と鼻を鳴らした。

少年たちは、清弦の信頼に応《こた》えてみせたのだ。

※

「清弦さん！　大丈夫ですか!?」

士門は天馬と共に、清弦の近くに着地した。

清弦の身体には、かなりのダメージが蓄積されているようだった。長い髪はざんばら、狩衣《かりぎぬ》はズタズタに切り裂かれ、痛々しい傷痕が身体のあちこちにできている。かなりの量の血を失っているようだ。重傷なのは、誰が見ても明らかである。

それでも清弦はぶっきらぼうに、「特に問題はねぇ〜〜」と頷《うなず》いてみせただけだった。

さすがは天若清弦だ、と士門は思う。伝説の婆娑羅をたったひとりで押さえこみ、なおかつ生き延びてみせるなど、清弦以外の陰陽師《おんみょうじ》には真似《まね》できないことだろう。

士門は「本当に……ありがとうございました」と頭を下げた。

清弦が持ちこたえてくれたおかげで、天馬にかけられた瞳術を打ち破ることができた。士門もまた、他者を信じて戦う清弦の強さを目《ま》の当たりにしたことで、心の迷いを振り払うことができた。

このひとはやはり、誰よりも尊敬すべきひとだと士門は思う。

一方、天馬は、すっかりいつもの調子を取り戻しているようだった。大太刀を肩に担いだ自凝を見据え、「へぇ」と自信に満ちた笑みを浮かべている。

「ずいぶんゴツイ刀じゃねえか。せいぜいナマクラじゃねえといいがなあ?」

「ほう。〝貴人〟の若造か」

自凝がにいっと唇を歪め、口の端から大きな牙を覗《のぞ》かせる。

「まさか、うぬがまた儂の前に立ちはだかるとはな。並みの陰陽師ならば、儂の〝魔繰禍眼〟をひとたび受けた時点で、心は完全に死ぬはずなのだが」

「あぁん？　ホンッット退屈な夢だったぜ？」天馬が表情を変えず、不敵に続ける。「あまりに退屈でつまんねぇから戻ってきたんだよ……。てめぇ覚悟はできてるんだろうな、んん？」

「威勢が良いな」

自凝が天馬に狙いを定め、大太刀を振り上げた。

天馬は「上等だ」と呟き、真正面の自凝に指先を突きつける。

「ドッゴオオオオオオンッ！」

天馬の咆吼《ほうこう》と共に出現した巨大な貴媾人機の刃が、自凝の頭上目がけて落下する。

対する自凝は巨大剣を迎撃すべく、大太刀を下段から上段へと斬り上げるように振るった。鍔迫り合い《インパクト》の瞬間、鼓膜を破らんばかりの鋭い金属音が響き渡る。

「かかかっっ愉快なりっっ!!」

頭上、背後、真正面。消えては現れる巨大な刃を、自凝はその都度、大太刀を振り回して迎撃する。その様はまるで、自凝が不可視の巨人と剣戟《けんげき》を交わしているようにも見えた。

「良い、良いぞ！」自凝が満足そうに唇を歪める。「うぬのような強者《つわもの》を、もう一度恐怖の淵《ふち》に叩きこむ……その瞬間が楽しみで仕方が無い！」

あの呪力の塊のような婆娑羅と、実力伯仲《はくちゅう》の勝負を繰り広げている。やはり天馬は規格外。最強の名に恥じぬ戦いぶりだった。

もっとも、清弦はこの状況をそこまで楽観視はしていないようだ。士門の隣で、「あれじゃあ意味がねぇ〜〜」と呟く。

「互角じゃ状況はなにも変わらねぇ〜〜。長期戦になりゃあこっちが不利なんだ。あのガキの呪力にも、限界はあるからなぁ〜〜」

士門も、「確かに」と頷く。

自凝には、『魔繰禍眼』がある。配下のケガレが上層で暴れ回ることで、恐怖を集め続けることができるのだ。その呪が存在する限り、自凝には無限に呪力が供給され続ける。

「天馬の呪力が尽きれば、形勢は問答無用で敵に傾く。このまま互角の戦闘を繰り広げているだけでは、いずれ敗北は必至……！」

貴嫌人機を操る天馬の表情にも、陰りが見える。このままでは埒《らち》があかないということを、天馬も自覚しているのだろう。

清弦が眉をひそめる。

「自凝を倒すためには、超強力な呪力で一気に消し飛ばすしかねぇ～～」

「超強力な呪力……」

「現状、俺たちがそんな呪力を引き出せる方法は、ひとつしかねぇ～～！」

清弦が取り出したのは、白虎明鏡符だ。

十二天将の切り札――纏神呪。それを使うのなら、今このときをおいて他にないだろう。

「そうですね……。やるなら、今しかありません」

清弦が、じっと士門を睨《にら》みつける。それは士門の心の底にある覚悟を見透かすような、厳しい視線だった。

「やれるんだろうなぁ～～？」

「はい」士門は深く頷いた。「できます！」

士門もまた、ホルダーから霊符を取り出した。

間違いなく、今ならできる。士門はそんな確信に至っていたのだった。

清弦は士門の目をじっと見つめ、「ふん」と鼻を鳴らす。

「いい顔になったなぁ～～、士門」

「え？　……あ、ありがとうございます」

清弦の視線が、そのまま戦闘中の天馬に向けられる。

「さて、あとはあのガキだが……」

天馬は貴嫌人機を囮《おとり》に自凝の懐《ふところ》へと飛びこみ、その頬《ほお》を思いきり「ドゴオオンッ！」と殴り飛ばしていた。気持ちいいぐらいに綺麗《きれい》なクリーンヒットである。

自凝は「むぅ……!?」と背後に吹っ飛ばされ、岩山に激突する。天馬の一撃によほどの呪力がこめられていたのか、すさまじい破砕音と共に崖《がけ》崩れが起こった。

天馬はその様子を見届け、悠々《ゆうゆう》と地面に着地する。そしてそのまま、士門らのほうに向き直り、声高《こわだか》に言い放った。

「おい、トリ丸《まる》！　クマ野郎！　俺に手を貸せ！」

一瞬、清弦は耳を疑った。鸕宮天馬が……この自分勝手が服を着て歩いているような俺様野郎が「手を貸せ」などと言っているのである。

いったいこの男に、どんな心境の変化があったのか。清弦には想像もできなかった。

「聞こえねえのか!?　んん!?　手を貸せって言ってんだ！」

「行きましょう清弦さん!!」

「失敗は許されねえぞ、トリ丸」

「わかっている……！」

十二天将《じゅうにてんしょう》三人の纏神呪を用いた、最大火力の同時攻撃。その準備は整った。

士門は自凝を見据え、「やるぞ」と呟く。

自凝はすでに、崩れた岩山の中から起き上がっていた。こちらが何かをするのを察知しているのだろう。「力を見せてみろ」とばかりに、仁王立ちで構えている。

天馬が懐から、霊符を取り出した。〝貴人〟専用の纏神呪発動用の霊符、貴人明鏡符《きじんめいきょうふ》である。士門も初めて目にするものだ。

清弦、士門もそれぞれに明鏡符を手に、呪文を吟じ始める。

「いけるか……？　うん……いける俺は……ひとりじゃない……全力を尽くしてなお……支えてくれる仲間《ひとたち》がいるっっっっ!!!!」

「**朱雀明鏡符、朱染雀羽《しゅぜんざつば》**――」

「**白虎明鏡符、白蓮虎砲**――」

「**貴人明鏡符、貴煠人機**――」

三人は同じタイミングで、「**纏神呪！**」と叫んだ。

その瞬間、目を焼くほどの強い光が、各々《おのおの》の身体を包みこむ。神聖かつ清浄な、純白の輝き。式神《しきがみ》に封じられた桁外《けたはず》れな呪力が、十二天将の肉体を呪装そのものへと変えていく。

士門の身体を、熱く燃える朱雀の呪力が流れ始めた。力強いのに、どこか優しい。不思議な呪力だった。これまでの纏神呪の訓練で、士門が感じていたものとは全然違う。完全に身体に馴染《なじ》み、微塵《みじん》も反発することはない。

本当の意味で式神に認められるとはこういうことだったのかと、士門は今更ながらに理解する。

数秒後、士門の身体は完全に異形のものと化していた。灼熱《しやくねつ》を帯びた紅蓮《ぐれん》の身体に、凶暴な猛禽《もうきん》を模したマスク。背中の翼は、凝縮された呪力で形作られた光翼へと変じている。

身体は鎧《よろい》のように硬質化しているはずなのに、不思議と重さを感じることはなかった。まるで全身がエネルギーの塊になったかのようだ。

「これが本当の……纏神呪なのか」

見れば、清弦や天馬も、纏神呪を装着し終えていた。右腕に凶爪《きようそう》を備えた〝白虎〟の纏神呪。人剣一体となった〝貴人〟の纏神呪。双方、神々しい光を放ちつつも、圧倒的な力に満ち溢《あふ》れている。

ここにいる三人は、もはや人ではない。ケガレを祓《はら》うためにのみ存在する、三振りの圧倒的〝呪〟なのである。

自凝が、「かかか……」と喜色の笑みを浮かべる。

「凄まじきは人の執念よっ……」

「ここからが本当の戦いだ！」

士門は光の翼を広げ、自凝に向かって突進する。

その飛行速度には、自分自身でも驚くほどだった。まばたきひとつしている間に自凝のいる場所を通りすぎ、背後を取ってしまったのである。

自凝が「ほう！」と目を丸くした。

「良いぞ！」

清弦が右腕と一体化した凶爪を構え、士門と天馬を一瞥《いちべつ》する。「やることはわかってんだろうな？」と、確認するような視線だ。

士門はこくりと頷いた。ひとりの力では自凝を打倒することはできない。今の自分に必要なのは、仲間たちの力を信じることなのだ。

どうやらそのことは、天馬もわかっているらしい。

「俺に合わせろ、トリ丸！」

「俺の名前は……トリ丸ではない！」

士門は背後から、そして天馬は正面から、それぞれ自凝に躍《おど》りかかった。さすがの自凝も、纏神呪の身体能力にはついていけなかったようだ。

天馬の腕の剣が大太刀を叩き折り、士門の猛禽の爪がその武者鎧を切り裂いてしまう。

「「今だ！」」

自凝が怯《ひる》んだ隙を狙い、士門と天馬がそれぞれ自凝の左右からその腕をつかんだ。呪力を全開にし、その身を自凝を捕らえる拘束具《こうそくぐ》と化したのだ。

士門と天馬の阿吽《あうん》の呼吸で行われたコンビネーションは、完全に自凝をその場に縫《ぬ》い留めることに成功する。

「纏神呪ふたりぶんの全力だ！　もはや貴様に逃れる術《すべ》はない！」

士門と天馬に両腕を拘束されながら、自凝は「カカ……カカカ……」と奇妙な笑みを漏《も》らしていた。

「カーッカッカッカ！　これほどの強者たちを相手にしたのは、千年の戦いの中でも初めてだな！」

天馬が「んん？」と首を傾《かし》げる。「ガタガタ震えといて何言ってんだ？」

「震えている……？　儂が？」

自凝自身はまったく気づいていないようだったが、確かにその身体は小刻みに震えていた。額には汗も浮かんでいる。

「カカカ……！　そうか、これか……。これが恐怖という感情か……面白い！　まっこと面白い！」

「俺たちが、千年の伝説に終止符を打つ！」

清弦は地を蹴り、こちらに向かって走り出していた。その右腕の白い爪には、纏神呪の全呪力がこめられているのだろう。恒星のごとく輝き、白い光に包まれていた。

「今度はこの爪が、てめぇの恐怖を引き裂いてやるっ……!!」

振り上げられた清弦の爪が、自凝の胴体を刺し貫いた。

血飛沫《ちしぶき》が周囲に飛び散り、自凝が「ぐううっ」と顔を歪める。

「カカカ……まだだ……！　この程度の傷、いくらでも――」

「まだ終わりじゃねぇ～～！」清弦が士門と天馬に目を向けた。「今だてめぇら、全力でぶっ放せぇぇっ……！」

士門と天馬が、清弦の爪に片腕を伸ばした。爪を通じ、各々が持てる呪力のすべてを流しこむ。

目的はただひとつ、自凝の完全破壊だ。

「「うおおおおおおおおおおおっっっ!!!!!!!!!」」

それは三人の十二天将が生み出した、破邪顕正《はじやけんしょう》の一撃。

全身全霊をこめたその威力は、陰陽師数百人規模の大術式をも凌駕するだろう。強力な呪力の波が生まれ、自凝を中心とした半径一〇〇メートルの空間が、ぐにゃりと湾曲《わんきょく》してしまったほどである。

三人が完全に同じタイミングで呪力を解放したことにより、互いの呪力が干渉・反発し合って、さらなるエネルギーを生んでいるのだ。

特殊な呪力を持った者同士が、それを同調させる技——「レゾナンス」とはまったく逆の作用である。反発し合うことで、その力を等比級数的に倍加させているのだ。

圧倒的な破壊の力を前に、自凝になすすべはなかった。〝魔繰禍眼〟による呪力の供給すら、もはや焼け石に水。

頭部は消し飛び、胸には大穴が空《あ》き、腹は粉々に粉砕されている。残った部位も十二天将らが発生させている呪力の奔流《ほんりゅう》に押し流され、バラバラに分解されていく。

混濁《こんだく》する意識の中で自凝の胸中に生まれたのは、悔恨《かいこん》の念だった。

――無悪への雪辱《せつじょく》を果たせぬままに、儂は消えるというのか……。

かつて無悪と自凝はほぼ同じ時期に生まれ、同じ時間を生きてきた。

同じように陰陽師と戦い……成長してきた。

しかし、ケガレとして〝強さ〟の限界に至ったのは自凝のほうだった。

ある時からその身に受ける呪力は限りを迎え、体は少しずつ年老いていった……その一方で無悪は若い外見を保ち、呪力の上昇もとどまりを見せることはなかった。

そして二百年前の十二天将〝貴人〟との戦いの折、自凝は腹に深い刀傷を負った。

もっとも、身体の傷は癒《い》えても、心の傷を癒《いや》すことは難しい。あのとき自凝の心《プライド》に傷をつけたのは、同族であるはずの無悪だった。

無悪は無言で、当時の〝貴人〟を撃退してしまった。そして、倒れた自凝の姿になど目もくれず、そのまま姿を消したのである。

悔しかった。ただ、ただ……悔しかった。

単純に力の差を見せつけられただけにとどまらず、救いの手まで出されたということが、

ずなのである。
婆娑羅同士は本来、手助けをし合うような関係ではない。人間《エモノ》を同じくする敵同士のは

にもかかわらず、無悪は自凝を助けた。それはすなわち、あの男は自凝を敵だと認識す
らしていないということになる。

脆弱《ぜいじゃく》な存在として認識したのか、はたまた路傍《ろぼう》の石か。
どちらにせよその無悪の行動は、自凝の自尊心を完膚《かんぷ》なきまでに破壊したのである。
だからあの日、自凝は誓った。
無悪を超える最強の婆娑羅として、永遠に君臨することを。

「……だが、その望みももう終わりか」

〝白虎〟〝貴人〟そして〝朱雀〟の全力の一撃をこの身に受け、自凝の肉体は完全に消滅
しつつあった。このままでは、細胞の一片すら残ることはないだろう。
だが、と自凝は思う。たとえ肉体は滅びようとも、この魂に燃える復讐《ふくしゅう》の炎だけは決し
て絶やすまい、と。

「さらばだ、強き陰陽師たちよっっ。果たしてうぬらはっ……無悪の〝恐怖〟から生き残

れるっ……か……なっ!!!」

そして伝説は、光の中に消えていった。

※

三者の纏神呪による一撃は、自凝を文字通りこの世から消し去った。

婆娑羅は他のケガレと違い、死体が残るのが普通である。しかし自凝の場合は、その一片すら残すことなく完全に消滅している。

そもそも自凝どころか、その周囲の大地ごともろともに消し飛んでいるのだ。自凝の立っていたあたりには、底の見えない大穴が空いてしまっている。

纏神呪の呪力がいかに強力であるか示していた。

「勝った……のか……?」

全ての力を出しきった士門は、もはやろくに飛行することもできなくなっていた。糸の切れた凧《たこ》のように、ふらふらと空中を浮遊するだけ。

ひとまず、近くの岩場に不時着する。ちょうどそこで時間切れ。纏神呪も解除されてしまった。

士門は「ふう」と深いため息をつく。

これで本当に、戦いが終わったのだろうか。自凝は消えたとはいえ、操られていたケガレたちが消えるわけではない。上層での戦いが止まったのかどうかもわからない。

結界は？　島は無事なのか？　急ぎ確認しなければならない。

しかし士門が立ち上がろうとしたその刹那、身体に猛烈な痺《しび》れが走った。思わず「うぐっ」とうめく。

「反動か……」

本物の纏神呪は、身体への負担も大きいようだ。小指を動かすだけで激痛が走る。

「纏神呪の反動ごときで動けなくなるとか、情けねえなあ」

いつの間にやってきたのか、天馬が近くにいた。悶《もだ》える士門を見て、「やれやれ」と小馬鹿にしたような笑みを浮かべている。

「そんなんでお前、本当に俺を超えられんのか？　んん～～？」

「うるさい……。首を洗って待っていろ」

本当は天馬の胸ぐらをつかみ上げたかったのだが、身体が痺れてそれどころではなかった。睨みつけるだけで精一杯である。

しかしあの天馬に悪態をつかれたにもかかわらず、今までと違い不思議と苛立《いらだ》ちを覚えなかった。

「初めての纏神呪なんて、誰でもそんなもんだぁ～～」

清弦が険しい表情で口を開く。

「ガス欠になるのは、呪力の制御が不十分だからだぁ～～。実戦で完璧に使いこなしたいなら、緩急のつけ方を習得しろぉ～～」

「はい。肝《きも》に銘《めい》じます」

士門は素直に頭を下げた。尊敬すべき師匠の助言は、やはり頼りになる。

「帰ったら特訓だぁ～～。てめぇは明日からみっちり一週間、天若家でしごいてやるよぉ～～」

「あ、明日から、ですか？」士門は思わず声を裏返らせてしまった。

ありがたい申し出ではあるのだが、なにせ清弦の修行は、ハードだ。気力と呪力と体力を極限まで酷使《こくし》することが要求され、気を抜けば本気で命を失いかねない。

「とにかく、そのザマじゃどうしようもねぇ～～」

清弦が士門のすぐ傍《そば》に腰を下ろし、身体に手を回した。どうやら肩を貸してくれるつもりらしい。

「ほらよ」

「す、すみません……」

「ったく、ホント手間がかかるやつだな」

そう言いつつ天馬も、清弦とは逆側から士門の腕を取った。どういう風の吹き回しなのか、天馬まで士門に手を貸してくれるようだ。

「て……天馬」

「てめぇもクマ吉っつぁんも、もうボロボロだからな。俺が手ぇ貸してやらねえと、野垂れ死んじまうだろ。んん？」

清弦の眉が、ぴくりと吊り上がる。

「このガキが、生意気言ってんじゃねぇ〜〜」

「んだよ。『クマ野郎』よりはまだマシだろ。敬意を表してやったんだ」

「てめぇに気ぃ遣われるほうが気持ち悪いって言ってんだよぉ。偉そうにすんのは十年早ぇ〜〜〜」

「んん？　今度、真剣勝負しようぜ、クマ吉っつぁん。十年前の勝負の決着《ケリ》もつけなきゃならねえし」

相変わらず目上にも不遜《ふそん》な態度を取る天馬だったが、士門の目には少しだけ、天馬の表情が以前と変わっているように思えた。

周囲を拒絶するようなトゲトゲしさが、若干薄まっているような気がしたのだ。それは勘違いかと思うくらいのごくわずかな変化だったが、なんとなく士門にはわかる。

この男も、変わっているということなのかもしれない。

「おい天馬。勝負をするつもりなら、清弦さんの前に俺が相手になる」

「んん？　トリ丸が？」

「俺も清弦さんの弟子《でし》だ。清弦さんに挑みたいのなら、俺を倒してからにしろ」

「はっ……まだ俺との力の差がわかってねぇのか」

「じゃあ逃げるとは言うまいな!?」

天馬は「誰に言ってやがる」と、ため息交じりに後ろ頭を掻《か》いた。

そしていつも通り不敵な笑みを見せながら、

「近いうちに……てめぇともキッチリ決着《ケリ》をつけてやる。せいぜい腕を磨いとけよ……トリ丸」

「当然だ……そして何度も言わせるな」

人生最大の好敵手《ライバル》を睨みつけ、士門は頬を緩めた。

「俺の名前はトリ丸ではない」

※

土御門島の北端には、斑鳩家が所有する土地がある。

良く陽《ひ》が当たり、爽《さわ》やかな潮風が吹きつける丘だ。いくつもの墓石が立ち並ぶこの丘は、斑鳩家傘下《さんか》の者たちの墓所として利用されている。禍野で命を落とした斑鳩家歴代の英霊たちが、安らかに眠る場所なのだ。

士門は恵治《けいじ》と並び、とある墓石の前で手を合わせていた。

「……士門。お前の手でこれを供《そな》えてやってくれ」

恵治が手渡してきたのは、日本酒の酒瓶《さかびん》だった。ラベルに印字されている銘柄《めいがら》は、生前、羽田《はねだ》が好んでいたものだった。

「あのひと、いつか言ってたよ。お前と一緒に、こいつを飲む日を楽しみにしてるんだってさ」

「そう……だったんですか」

士門は恵治から酒瓶を受け取り、それを羽田の墓に供えた。ふと脳裏に羽田の優しい笑顔が浮かび、鼻の奥が熱くなってしまう。

士門が羽田と酒を酌《く》み交わすことは、もはやかなわない。

「恵治様」

「じゃなくて、『お兄さん』だろ」恵治がふっと頬を緩める。「どうした、士門?」

「俺、もっと強くなりたいです。独りよがりな強さじゃなくて、本当の意味で強い陰陽師になりたい。……今はそう思ってます」

「ああ。羽田さんもきっと喜んでくれる」

「そのためにはもっと鍛錬《たんれん》を積んで、他の家の陰陽師たちとも連携を密にしていかなければならない。そのせいでこれまで以上に斑鳩家を空けることになるかと思います。だから——」

「大丈夫だ、士門。家のことは任せとけって」

「あ……ありがとうございます」

「当たり前だろ。俺は斑鳩家の次期当主なんだ」

恵治は「それに」と士門の頭に手を置いた。まるで子供でもあやすかのように、士門の髪をくしゃくしゃと撫《な》でる。

「自慢の弟の頼みだからな。聞くに決まってるじゃないか」

「感謝します。えっと……その、兄さん」

士門が頭を下げると、恵治は「ははっ」と白い歯を見せた。

「やっぱりお前、少し変わったよな」

「え？」

「今までのお前だったら、誰かに頼み事なんて滅多にしなかっただろ。俺はもちろん、他の部下たちにもさ」

「それは……そうだったかもしれません」

「それが素直に頼ってくれるようになったってのは、兄としては嬉《うれ》しいことだよ。これからも遠慮なんかせず、どんどん頼ってくれていいんだからな」

恵治に背中をぽんぽん、と叩かれ士門は「あはは」と苦笑する。

他の誰かを信頼し、頼る――。その大切さを教えてくれたのは、羽田であり、そして清弦だった。人生で尊敬する師をふたりも得られた自分は、やはり幸福なのだろうと思う。

彼らの期待に応えたい。

彼らのような、本当の強さを持った陰陽師になりたい。そして〝あの男〟ともいつか本当の意味で肩を並べて戦えるようになりたい。

そのためには、斑鳩士門は努力を続けなければならない。目標が果たされるその日まで、翼を休めている暇はないのだろう。

――だけど、不思議と辛《つら》くはない。俺はひとりじゃないんだから。

士門は、隣に立つ恵治の顔を仰ぎ見る。自分を支えてくれる、心強い家族の顔だ。

士門を支えてくれているのは彼だけではない。当主の峯治《ほうじ》に、斑鳩家傘下の陰陽師たち。

それから他家の十二天将やその傘下の陰陽師たちも。そこに鸕宮天馬を加えたっていい。

士門はふと、天を仰ぐ。

土御門島の空はどこまでも青く、そして光に満ちていた。

後《ご》日《じつ》談《だん》・渡《と》航《こう》前《ぜん》夜《や》

自凝《おのごろ》との激闘の後日、天若清弦《あまわかせいげん》は陰陽連《おんみょうれん》庁舎の一室にて、今回の任務について報告を行っていた。

「――ふむ」

デスクで報告書に目を通しているのは、陰陽頭《おんみょうのかみ》、土御門有馬《つちみかどありま》である。

相変わらずのうざったい長髪に着物姿、それにいつもの野暮《やぼ》ったい眼鏡。清弦にとっては学生時代からの旧友であるが、この男の胡散臭《うさんくさ》い雰囲気は昔からまるで変わることはなかった。

「お疲れ様、清弦」有馬の切れ長の目が、清弦に向けられた。

「ああ……。結界防衛戦《そっち》も大変だったようだなぁ～」

「まあな」

頷《うなず》いたのは浅黒い肌の大柄な陰陽師《おんみょうじ》、五百蔵鳴海《いおろいなるみ》である。

「あんだけの数のケガレと戦ったのは、さすがに初めてだったぜ。俺んとこの若い衆なんて、ほとんど全員が病院送りになっちまってる」

「そうだな。清弦たんたちの活躍がなければ、次回のコミケ参加も危うかった」

嘶《いななき》　新《あらた》が神妙な表情で頷いた。

鳴海も新も、今回の戦いでは相当に消耗《しょうもう》したのだろう。身体《からだ》のあちこちに、痛々しく包帯が巻かれている。結界防衛戦も、かなりの死闘が繰り広げられていたようだ。

有馬が「ともあれ」と続ける。

「君たちが自凝を倒してくれたおかげで、被害は最小限に抑えられた」

「だが、討伐隊《とうばつたい》には犠牲者も出てる。最小限っつっても、無視できるもんじゃねえけどなぁ～」

「無視をするつもりはない。この悲しみを受け止め、我々は前に進まなければならない」

自身のふがいなさを噛《か》みしめるような表情で、有馬が続ける。

「けれど今回の任務で我々が得たものは大きかった。第三位婆娑羅《バサラ》を祓《はら》ったことは最大の成果だし……なにより、若い世代の成長をうながせたのも素晴らしいことだよ」

「士門《しもん》のことか？」

「それに天馬《あのこ》もね」

斑鳩《いかるが》士門と鵜宮天馬《うのみやてんま》。まるで正反対のくせに、彼らが抱えていた問題の根はまったく同じものだった。

しかしふたりの若き天才陰陽師は、今回の戦いを通じて大きな成長を遂《と》げた。曲がりなりにも、他者への信頼を確立し始めたのだ。

それは陰陽連全体にとって、大きな財産となることだろう。

「きっと最初からこうなることを予想して、彼らを討伐隊に選んだんだろう？　なかなかの策士じゃないか、清弦」

「てめぇには言われたくねぇ〜〜」

有馬の言うことも、あながち間違いだというわけではなかった。少年たちの成長を手助けするのは、自分たち大人の義務だと思っている。

子供たちが強く成長していく姿を見られるというのは、清弦にとっても悪い気分ではなかった。

「若さとは、苦難を乗り越え成長する力である……か」

「誰の言葉だ」

「by《バイ》土御門有馬」

有馬がおどけたポーズを取るのを見て、鳴海と新が揃《そろ》って肩を竦《すく》めた。この男の軽薄さには、もうみな慣れきっているのである。

有馬がふと、真面目な顔で清弦に問いかけた。

「これで少しは、贖罪《しょくざい》の念も晴れたかい？」

「あぁ～～？」

「士門と天馬に重ねてたんでしょう？　あの日に救えなかった、子供たちの面影を」

清弦の胸に、あの日の血なまぐさいにおいが蘇《よみがえ》る。

それはかつて清弦が教鞭《きょうべん》を執《と》っていた学《まな》び舎《や》で起きた事件だった。生徒のひとりが外法《げほう》を用い、他の生徒たちを〝ケガレ堕《お》ち〟へと変えてしまったのである。

惨劇《さんげき》を生き延びた生存者は、たった一名のみ。他の教え子たちは、みなことごとく命を落としてしまった。

通称「雛月《ひいなつき》の悲劇」と呼ばれる事件である。

「例の任務のことだけど」有馬が続ける。「君の気が進まないのなら、他の陰陽師を派遣したっていいんだよ？」

「問題ねぇ～～。石鏡悠斗《いじかゆうと》は俺が殺す……。それが師匠《保護者》としての俺の責任だからなぁ～～」

「そうか」

有馬は席から立ち上がり、執務室の窓に目を向けた。窓の外に広がる夕日は、血の色のように赤い。

清弦もまた、部屋を出ようと有馬に背を向けた。これから本土に向かう準備をしなければならない。

そんな清弦の背に「でもさ」と声がかけられる。

「〝彼〟はショックだろうね。かつて自分が殺《あや》めたと思っていた友人がまだ生きていて、禍野《まがの》で暗躍してるなんて知ったら」

「……どうだろうなぁ～～」

もともとあいつは、雛月の一件のせいで陰陽師の道を一度捨てたのだ。悠斗の件を知ったら、その衝撃はあいつの根幹に関わる……。

「使い物にならないなら、別にそれでもかまわねぇ～～……だが絶対にそうなるとも……言い切れねぇ」

「その心は？」

有馬に問われ、清弦は「さあな」と肩を竦めた。

清弦自身にもそう思った理由はよくわからない。けれど不思議と、そんな確信があったのである。いや……そう信じたかったのかもしれない。

士門や天馬が、短期間であれだけ成長できたのだ。だったら、あいつが……かつての教え子、焔魔堂《えんまどう》ろくろが成長できないはずはない、と。

「ガキってのは、いつだって大人の予想を超えてくもんだからなぁ～」

清弦はそれだけ呟《つぶや》いて、執務室をあとにした。

■初出
双星の陰陽師―三天破邪―
書き下ろし

[双星の陰陽師]―三天破邪―

2018年12月9日　第1刷発行

著　者／助野嘉昭◉田中 創

装　丁／石野竜生[Freiheit]

編集協力／藤原直人[STICK-OUT]
神田和彦[由木デザイン]

編集人／千葉佳余

発行者／鈴木晴彦

発行所／株式会社　集英社

〒101-8050　東京都千代田区一ツ橋2丁目5番10号
電話　編集部／03-3230-6297
読者係／03-3230-6080
販売部／03-3230-6393《書店専用》

印刷所／凸版印刷株式会社

Printed in Japan　ISBN978-4-08-703467-7　C0093

検印廃止

JUMP j BOOKS